新 潮 文 庫

人 生 の 踏 絵

遠 藤 周 作 著

新 潮 社 版

11153

目次

人生の踏絵

※作品名に続く（　）には、原著の刊行年と比較的入手容易な版を記した。

人生にも踏絵があるのだから――『沈黙』が出来るまで

私は大説家ではなく小説家ですから、小さな説しか言えません。今度、『沈黙』（'66年／新潮文庫）という小説を書きましたので、その小説がどういうふうに出来上がったかということをお話ししたいと思います。

読んでいないという方もいらっしゃると思いますので、その筋を説明した方がいいのでしょうが、筋を言ってしまうと身も蓋（ふた）もありませんから、帰りにどこかの本屋で……買ってもらいたい。今年はこの小説を読まないと知性がない人だと必ず言われますから（会場笑）。実は、この三月に出版されて以来、私の小説にしては比較的大勢の方に読んで頂いたこともありまして、手紙をたくさん頂きました。

この小説の背景はキリシタン時代です。一五四九年にフランシスコ・ザビエルが鹿児島に着いて以来およそ半世紀の間に、多くの宣教師が日本にやって来まして、日本で約四十万から六十万人のキリスト教信者ができたという時代がありました。現在、カトリックに限っていえば日本で信者は四十万人だそうですから、だいたい当時と同じかちょっと少ないくらいですが、人口の比率が違います。当時の人口はいまの十分の一程度でしょうか。

その蔓延の仕方は、九州はもとより、中国地方、上方、遠くは東北、北海道に至るまで広がっていまして、至る所に教会が建ち、至る所に信者の人たちがいたというような状態でした。

その後、天下を統一した豊臣秀吉、徳川家康、徳川秀忠などによる迫害時代になります。宣教師たちは日本からポルトガル領マカオ、もしくはスペインの領土だったフィリピンのマニラへと強制的に退去させられました。ところが、この強制的送還の裏に、ごく少数ではありましたけれども、外人および日本人の司祭たちが密かに日本に潜伏し、百姓の姿に身をやつして布教を続けたり、山に籠って信者と連絡を続けていたりしていたのです。これを潜伏時代と呼びます。

この時のリーダーの一人にフェレイラという司祭がいました。彼はポルトガルのリスボン生まれです。当時、日本へやって来るというのは、もちろん飛行機やちゃんとした船がある時代ではありませんから、大西洋をずうっと南へ降り、アフリカ南端の喜望峰を回ってインドのゴアに着いて、さらにマカオまで来て、そこから中国のジャンク船なんかに乗って日本へやって来る。その頃の記録や宣教師たちの書いた通信文を見ますと、二、三年かかって日本までやって来ています。フェレイラもそうやって日本へ辿り着いたのが慶長十四年、一六〇九年のことです。それから盛んに活動を始め、一六一三年にキリスト教禁止令が出てからは潜伏司祭として、捕まってしまう一六三三年までの二十四年ものあいだ布教を続けていました。

その頃の宗門改役は井上筑後守政重です。彼は、ちょっとドストエフスキーの『カラマーゾフの兄弟』の「大審問官」に出てくるような人間なんです。井上筑後守の残した文章を読みますと、「ただキリスト信者を捕まえてぶったり蹴ったり、あるいは拷問に掛けたりするのは愚策である」と。「むしろ心理的な拷問を掛けていくべきだ」と書いています。

心理的と言っても、肉体的な拷問もするんですよ。穴吊りという拷問がありました。穴の中にいっぱい汚物を入れて、その上へ逆さに吊すわけです。逆さにしますと、頭に血が行ってすぐに死んでしまいますので、耳のうしろに傷をつけまして、そこから少しずつ血を垂らすようにして、あとは長いあいだ放っておくのです。

なぜ、そんな拷問を井上筑後守が考えたかと言いますと、ぱっと殺してしまったり、あるいは華やかな殉教をさせてしまうと、かえって信者たちが勇猛心をかきたてるだけだと。穴の中へ司祭たちを吊るして、なかなか死ぬにも死にきれず、苦しみに耐えかねて芋虫のようにのたうち回る、そんな惨めな姿を見せることで、勇気を阻喪せしめようとしたのです。肉体的に拷問される者もいれば、心理的に拷問を加えられる者もいたわけです。

フェレイラが捕らわれて穴吊りにあった時、ちょうどオランダの船が長崎の出島から出航するところでした。その船がゴアに着いて、「フェレイラが穴吊りにあった」という報告をしています。フェレイラほどの司祭、つまり潜伏までして二十四年も布教してきた人物が穴吊りにあったのだから、これは間違いなく殉教したに違いないとみんなが思った。実際、彼は長いあいだ殉教したと思われていました。あに図らんや、穴吊りされて五時間後には、もうその苦しさに耐えかねて「なむあみだぶつ（南無阿弥陀仏）」と言ってしまっていたのです。当時、「なむあみだぶつ」とか「なんまいだ」とかひと声言えば、穴からパッと引きずり揚げて貰えるのです。それで「転んだ」、教えを捨てたということになります。

その後、フェレイラはポルトガルへは帰してもらえず、長崎に死ぬまで留め置かれ、沢野忠庵という名前になりました。これはその時、死刑囚の沢野という男がいたんです。その男の名前を押し付けられ、名前だけでなくて女房、子どもまで押し付けられました。

彼が沢野忠庵になってからのことですが、この人は西洋天文学や西洋医学を初めてわれわれ日本人に伝えてくれた人でもあるのです。神学校でそれらの基礎知識を学んでいたのですが、当時の日本人からしたら相当高度なものです。そして私は、転びバテレンであるフェレイラがなおも日本人の役に立とうとした、この何とも司祭らしい心理に胸をうたれるのです。彼は日本人の役に立とうとして、何年も厳しい旅をして極東の島国に辿り着き、二十四年も自分の信じる神の教えを布教し、拷問によって転んでもなお日本人の役に立とうとしたのです。

時代にも人生にも踏絵がある

フェレイラが転んだというニュースがローマなどへ伝わりますと、これに雪辱しようという意気に燃えた何人もの若い司祭たちが群をなしてマカオやマニラから日本へやって来ました。ところがこの連中は、博多沖の小さな島で捕まって、直ちに井上筑後守から穴吊りの刑を食らわされ、全員が死ぬか転ぶかしてミイラ取りがミイラになってしまいます。

やれやれ、これで終わった、もうキリシタンも来るまい。もちろん日本は鎖国の状態に入っていましたので、二度と来るはずがないと思っていたところが、みなさんもご存じのシドッティという宣教師が日本へやって来ました。彼も直ちに捕まりましたが、当時の実力者は新井白石で、これはきわめて賢明な人ですから、「殺してしまうのは愚策である」と進言して、彼を江戸は小石川町の切支丹屋敷という所へ閉じ込めます。このシドッティから西洋のことを聞いて書いたのが、『西洋紀聞』などの新井白石の著書です。

キリシタンが禁制になってからは、こういう話はいくらでも転がっております。私は、フェレイラの雪辱にやって来た司祭たちの中のジュゼッペ・キアラという男を『沈黙』の主人公ロドリゴのモデルにしました。彼はイタリアのシシリー生まれですが、小説の中ではポルトガルのタスコ生まれになっています。

ロドリゴはフェレイラを探しに日本へ密かにやって来て、潜伏もしたけれど捕縛され、ついに井上筑後守の手に掛かって転んでしまいます。転ばせるために「吊るす」こともありましたが、その前の段階というか、踏絵というものがありました。銅板のキリスト像を厚い木の板にはめ込んだもので、その板に足を掛ければ許してもらえますが、掛けない場合は直ちに殺されるか、穴吊りにさせられる。フェレイラを探しに来た若い司祭がその踏絵を踏むまでの過程を書いたのが『沈黙』です。筋を全部言っちゃうと買ってくれないから、私は半分しか言っていません（会場笑）。本当のさわりは、私が言わなかった方の半分にありますから、この粗筋を聞いたからもう読まなくていいなんて思ったら大間違いですよ。

この小説が出ましたら、さっきも申し上げたようにいろんな手紙がたくさん来ました。中には「お前、けしからん」という手紙も相当まじっておりました。それはキリスト教の神父さんとか立派な信者の方たちからで、「けしからん。お前、いったいどういうつもりで司祭が踏絵を踏むなんて話を書いたのか。世の中に害毒を流すではないか」みたいなことが書いてある。

一方で、「よく書いてくれた」というキリスト教信者の人たちもいます。私はあまり、キリスト教信者からもらう手紙には興味がないのです。いや、「興味がない」と言ったら悪いけども、彼らの言っていることは私にはよくわかりますから、私の勉強にはそんなにならないわけです。で、キリスト教に全く無関心な人もかなりたくさん手紙をくれまして、幸いなことにおおむね「大変面白かった」と。

こんなことを書いてくれた人もいました。キリシタン時代とか踏絵とか、自分たちにとってははるか遠い時代のように思っていたけれども、あの小説を読んでいくうちに、私たち一人ひとりにも「時代の踏絵」、「生活の踏絵」、「人生の踏絵」があったことがわかりました、と。そんな手紙を読んで、なるほど、その通りだと思い至りました。私のように戦争中に青年時代を送った人間にとっては、自分の夢とか、美しいものに対する憧れ（あこが）とか、こういう生き方をしたいという希望は、心ならずも当時の政治・社会の情勢のためにねじ伏せて生きなければならなかった。いわば、それが私たちの世代の踏絵だったわけです。

イエス像が彫られた銅板の踏絵を踏むことは今の私たちにとっては何でもないことでしょうが、当時のキリシタンにとっては自分の最も信じている人の顔、自分の最も美しいと思っている人の顔、自分が理想としている人の顔を踏むことです。例えば、あなたたちが自分の恋人の顔を踏めと言われたら、どういう気持ちがしますか。もし踏まなければ拷問して殺してしまうぞって言われたら、踏むんですか。僕なら女房の顔、踏みますけどね（会場笑）。みなさん、お笑いになりましたけれども、しかしここが話の中心点です。

江戸時代のキリシタンの踏絵と同じで、戦争中の私たちは、やはり自分の最も美しいと思ったもの、理想とする信条、憧れる生き方、そういうものを自分の泥靴で踏みつけるようにして生きていかなくてはなりませんでした。戦後の人たちも今の人たちでも、やっぱり多かれ少なかれ、自分の踏絵というものを持って生きてきたはずです。われわれ人間は自分の踏絵を踏んでいかないと生きていけない場合があるんです。

戦争の時代と違って、今の若い人たちは持っている踏絵が共通していないかもしれませんが、一人ひとり胸に手を当てて考えれば、必ずこれが自分の踏絵だというものがあるでしょう。そんな踏絵をみんな持っているからこそ、私が小説の中へ大昔のキリシタン時代の踏絵を出しても、それを単なる道具立てではなく、自分の人生や生活に即して読めた、主人公がなぜ踏んだかもわが事のようによくわかる、と書いてきてくれたのだと思います。そういう手紙を貰うと、作者として嬉しくないはずがありません。自分の読者とこんなに交流できたという経験は今までそうはたくさんなかったけども、その貴重な経験の一つでした。

くたびれた中年男の顔

『沈黙』がどのように出来上がったかと言いますと、まず第一に小説というのは神学でも何でもありません。神学的な批判などを受けると、小説なんて無惨に砕け散ってしまうに決まっています。あるいはまた、「司祭が踏絵を踏むとは何であるか、けしからん」というふうな偉い教会の神父さんたちの怒りもよくわかります。しかし私からすれば、今日も最初に申し上げたように、小説家は大説家ではない。

われわれ小説家は、みなさんと同じように人生がわからないでいて、人生に対して結論を出すことができないから、手探りするようにして小説を書いていっているのです。人生に対して結論が出てしまい、迷いが去ってしまっているならば、われわれは小説を書く必要がない。小説家は迷いに迷っている人間なんです。暗闇(くらやみ)の中で迷いながら、手探りで少しずつでも人生の謎(なぞ)に迫っていきたいと小説を書いているのです。

私は五年ぐらい前に長崎へ行きました。あんまりカネも持っていなかったのですが、長崎でぶらぶらしていた時、十六番館という資料館にもなっている古い洋館へフッと入りましたら、外国の家具調度が並んでいる中に、なぜか踏絵が置いてあったんです。幕府が、キリシタンかどうかを踏ませて調べるためのものですよね。私はああいう昔の物が好きではないので、横目で見て通り過ぎようとしました。

さっき言いましたように、踏絵というのはキリストもしくは聖母マリアの像を銅に彫って、それを木の板にはめてありますが、その大きな木の枠にベタッと黒ずんだ足指の跡がついている。踏んだ人の親指の跡が木に残っている。きっと、脂性(あぶらしょう)の足なんですね。それも一人の脂足では残らないだろうから、千人踏んで百人くらいが脂足だったのでしょうか、もっと大勢でしょうか、とにかく足の指跡が残っていたのです。私は通り過ぎようとしていたのに、「あ、踏んだ人がこんな脂足を残していきやがったか」と思わず踏絵を見てしまいました。すると十字架にかけられたキリストの顔、その銅板に彫り込んであるキリストの顔が、あんまりみんなに踏まれたので摩滅して、へこんでいたのです。なんて言うのかな、今まで外国のキリスト教の絵などで見るような堂々として威厳のある立派なキリストの顔ではなくて、へこんでしまっているものですから、すっかり悲しそうな顔、疲れたような、くたびれ果ててしまったような中年男の顔になっていた。でもその時は、それが自分の小説の発端になろうとはまだ思っておりませんでした。

だいたい、われわれが純文学の小説を書く場合は、自分の中にある考えがもやもやと出来てきて、少しずつ固めていって、こういう思想のもとに書きたいと思って書き始めるわけです。けれども思想のままで書けば、これは批評でありエッセイであって、小説ではない。そんな時はぶらぶら生活を始めて、私は嘘をつき回ったり、悪いことばかりするんです。人を騙くらかしたり……「騙くらかした」って本当に騙して何かするわけじゃなくて、まあいろんな冗談言ったりしてね。とにかく、毎日ぶらぶらするのです。

「遠藤周作変じて狐狸庵となる」というのは、そういう時期のことなんです。つまり、ぶらぶらしながら、自分の思想が小説になるための、カッと引っ掛ける何かを探し求めているわけです。自分の思想を鍵とするならば、それにぴちっと合った鍵穴のようなイメージの人物や事物が見えた時、小説は動いていきます。

例えば『海と毒薬』('58年／新潮文庫)という私の小説がありますが、これだって、自分が「何を書きたいか」ということだけはずいぶん前からわかっていました。なのに、なかなか書き出せなかった。

何を書きたいかと言っても、あれは九州大学医学部における戦争中の生体解剖実験――捕虜のアメリカ兵を生体、つまり生きたまま解剖した事件を扱っていますが、もちろん私が書きたいのはその事件そのものではありません。私は事件のルポルタージュやショッキングな小説を書きたい男ではないのです。ただ私は、そういう事件を通して、〈日本〉および〈日本人〉を書いてみたかったのです。

しかし、「何を書きたいか」はハッキリしているのに、小説が動き出すイメージがなかなか出来ませんでした。なかなか出会えなかった、と言っていいでしょう。そこでやはり、九大へ行ったり、いろいろなところへ行って、来る日も来る日もぶらぶらして、くだらんことをやっていたわけですよ。それがある雨の降る日に、疲れた体を引きずるようにして九大の屋上に上りましたら、あそこから海が、黒い悲しい波が見えた。それで引っ掛かったのです、ちょうど釣り師の針に魚が引っ掛かるように。そうすると、もう作中人物の声も顔も、それからそいつの歩き方まで浮かんできました。

私が小説を書く場合は、だいたい、そういう引っ掛けるところがあるか、ないかというポイントが大きいのです。もちろん『海と毒薬』みたいに引っ掛けてすぐ小説が形になっていく時もありますが、今度の『沈黙』の場合は、踏絵で引っ掛かったか、引っ掛からなかったか、しばらくわかりませんでした。つまり、踏絵を見た時は、これで引っ掛かったとは思っていなかったのです。

沈黙の中から呼び起こす

それから私はしばらくの間、外国へ出かけました。家内を連れて行ったものですから荷物を持たされ過ぎまして、病気になっちゃった。それで二年半ぐらいも入院したのです。いかに重い荷物を持たされたか（会場笑）。で、入院中に自分の心へ出てきたものが、踏絵だったのです。あの踏絵のイメージが出てくるわけです。なぜ、踏絵のイメージだったのかは自分でもよくわかりません。とにかく私は、「あのベタッとした脂性の足跡は、誰が踏んだんだろうか?」と思ったんですよ。

さっきの言い方を使いますと、私は戦争中から自分が弱いせいで、何度も踏絵を踏んできました。戦争が終わった後も、ずいぶん踏絵を踏んでいます。自分の人生の踏絵をいくつも踏み続けながら生きて来た。これからも踏絵を目の前に出されたら、やっぱり踏んでしまうでしょう。私は自分が強者だとはとても思えない。いつだって弱者です。そして、病床で心に踏絵のイメージが思い浮んだ時、「自分が仮に江戸時代のキリシタンだったら、間違いなく踏絵を踏むに違いない。では、その時、どんな気持ちで踏むのだろうか?」と考えたのです。

そこでまず、踏絵を踏んだ人間を調べることにしました。病気が治ってから、私はキリシタンの本をできるだけ入手して読み始めたのですが――愚痴をこぼすわけじゃないけど、キリシタン関係の本って高いんですよ。一冊一万円なんてのはざらなんだもの。

また三浦朱門という友達と、上智(じょうち)大学のチースリク先生というキリシタン学者のところへ教えを乞(こ)いに行きまして、いろいろ研究もいたしました。だから『沈黙』にはずいぶん元手と時間が掛かっているんですよ。

いま言いましたように、私が興味を持ったのは踏絵を踏んだ人たちのことです。強者のこと、つまり決して踏まないで殉教した本当に立派な人たちのことは、日本のキリシタン史に詳しく書かれていますし、ポルトガルやスペインやローマの図書館にも彼らの記録は残っております。

しかし、踏絵を踏んで転んでしまった人、すなわちフェレイラとかキアラといった人たちのことはほんのわずかな記録しか残されていません。「臭いものには蓋をしろ」で、教会は布教史上の汚点として残さないし、日本側も日本側で幕府が禁じたキリシタンのことをいつまでも残しているわけがないから、みんな捨ててしまっている。まして、転んで罪に問われなかった人たちの記録など残していない。私があまり転んだ人たちのことばかり訊くからチースリク先生も困って、「なんでもっと立派な人について訊かないんだ」とおっしゃったことがあります。殉教した人たちの記録なら、たくさんあるわけですからね。

フェレイラについてチースリク先生が教えて下さったこと、つまり日本のキリシタン学者が知っているすべてのことは、私の大学ノートでわずか四ページにしかなりませんでした。キアラに至っては三ページです。転んだ人のことについては、そのくらいしか記録が残されていない。たったこれだけの記録で何と六百枚の『沈黙』を書いたんだから大変なものだ、やっぱり僕は天才ではなかろうか（会場笑）。「噂で聞

くと、遠藤というのは何だか嫌な男だ」ってことだけど、こうして実際に会ってみるとみんな好きになったでしょう？（会場笑）

なぜ、こんなに記録がないかと言うと、彼らが汚点だと思われて軽蔑（けいべつ）され、見捨てられた人間だからです。けれど、まだフェレイラやキアラにはかろうじてある。あのベタッとした脂足の跡を踏絵に残した人たちは、もう死んでから何百年も経（た）ちましたけれども、彼らには何の記録もないのです。彼らは本当に声が無かったのか。歴史が沈黙し、教会が沈黙し、日本も沈黙している彼らに、もう一度生命を与え、彼らの嘆きに声を与え、彼らに言いたかったことを少しでも言わせ、もう一度彼らを歩かせながら彼らの悲しみを考えていくというのは、政治家でも歴史家でもなく、これはやはり小説家の仕事ですよ。

彼らも、殉教した立派な人たちと同じように人間です。そして、平凡な私たちと同じように人間です。私たちは殉教した人たちを尊敬しますが、同時に私たちは転んだ人たちを軽蔑することはできない。そんな資格はない。われわれもその状況に置かれたら、踏むかもしれないのですから。

彼らも人間である以上、私は彼らに声を与えたかったのです。彼らを沈黙の灰の中から呼び起こしたかった。沈黙の灰をかき集めて、彼らの声を聴きたい。そういう意味で『沈黙』という題をつけました。併せて私は、そういう迫害時代に多くの嘆きがあり、多くの血が流れたにもかかわらず、なぜ神は黙っていたのかという、「神の沈黙」とも重ねたのです。

「神の沈黙」について言えば、これは何もキリシタン時代だけの問題ではありません。現代でもそうですよね。多くの血が方々で流れ、不正が正に勝ち、何もしない小さな子どもが病院で死んでいくのを見たりすると、なぜ神は腕を拱(こまね)いて黙っているのかと思いますよ。私は入院の間、可哀(かわい)そうな子どもたちを何人も見ました。私も手術をずいぶん受けたけれども、私みたいにロクデナシが痛い目に遭うのはかまわん。かまわんことないけどもさ、しょうがないと自分でも思いますよ。だけど、隣の部屋で五歳の子どもが私と同じぐらいの大手術を受けて、痛みで泣いているとね……私には、なぜ、そういうことがこの世の中にあるのかわからない。

なぜ神が黙っているのか、私には非常に苦痛だった。なぜ神はそういう不正に対して黙っているのか。不正というのは、法律とか政治の不正ではなくて、いわば生命の不正に対して黙っているのか。

繰り返しになるけども、この「神の沈黙」というのが一つ。それと転んだ人間たち、沈黙のまま歴史の中へ葬(ほうむ)り去られた人間たちに声を与えたいという、その二つの気持ちから私は題名を決めて、主人公を選び取ったのです。

美しいものでないからこそ

私の主人公ロドリゴは、山中を逃げ隠れしたり、追っ手に追われたりして放浪した挙句(あげく)、とうとう宿願のフェレイラと対面します。むろんフェレイラはすでに転んでしまっていますが、ロドリゴに向かって、日本にはキリスト教は決して根を下ろさない——根を下ろさないというより、日本の土ではキリスト教という根は腐りはじめるんだ、と言う場面があります。これは二人の間で論争になるのですが、ここも『沈黙』の主題の一つです。

というのは、私個人の体験に関わります。私は自分が宗教的、思想的な選択をしてキリスト教の洗礼を受けたのではなくて、私の家がそうだったからという理由で、いつの間にか洗礼を受けさせられたのです。「いつの間にか」ってヘンだけど、まあ母親に「教会へ行きなさい」と言われて、意地汚いものですから教会でくれるパンやお菓子が目当てで行っているうちに洗礼も受けさせられた。

みなさんの年頃になってから、私はもう何回、母親に勝手に着せられたキリスト教という洋服を脱ぎ捨てようとしたかわかりません。全然、私に合わないんだもの。しかし脱ぎ捨てても、脱いだら今度は着るものがないんだ、私には。裸になってしまうから仕方なく、着たままでいるのです。そのうち、小説を書こうとした頃から、私は「捨てない」ということがどんなに大事であるかということを人生から学び始めたので、脱ぎ捨てずにいます。人生を捨てない、女房だって捨てない（会場笑）。

お笑いになりますがね、私の場合は宗教の選び方と結婚が類似しているんですよ。ちょうど私がキリスト教を選んだわけではないように、なんて言うの、私が女房を選んだわけでもないのに、向こうが勝手に風呂敷を持ってやってきて（会場笑）。私はね、だいたい痩せた女が好きなんですよ。彼女は痩せていたから、まあ家にいてもいいかと思ってたんですけどね、だんだん太り始めて……（会場笑）。こういうのは詐欺じゃないですか。でも、捨てないですよ。これから先のことはわかりませんが、おそらく捨てないでしょう。それとね、僕、自分の女房を捨てる人をあまり好きじゃないんです。ケチなのかな。

だって、考えてごらんなさい。美しいものとか、魅力のあるものに心を惹かれるのは馬鹿でもできますけど、色あせたもの、くたびれたもの、見飽きたものに心惹かれるとか、保有し続けるとかって、才能と努力と忍耐がいるでしょう？（会場笑）いや、笑っちゃいけない。人生すべてそうだと思うのです。人生が魅力あるもの、美しいもの、キラキラしたものではないからこそ、われわれは捨ててはいけないと思うんだ。捨てるというのは、自殺したり自暴自棄になったり、いろんな形がありますよ。そんなふうに人生を放棄しちゃいけない。

私が聖書で一番好きな点は、イエス・キリストが魅力のあるもの、美しいものを追いかけて行くところが一ページもないことです。イエスは汚いものとか、色あせたものにしか足を向けなかった。当時の社会で最も卑しめられていた娼婦やひどい病気に苦しむ人などと会ってはきちんと慰めてあげた。娼婦という言葉がみなさんと縁遠いなら、人生とか日常生活などに置き換えてもいいと僕は思う。みんなの日常生活の苦しさや悲しさや煩わしさをイエスは背負って、自分の十字架にして、それを最後まで捨てなかったというところが私には非常に感動的なんだ。

うちの古女房が私の十字架ですし、また私の人生というのは決して面白くないのです。こうやって人前に出ると私はにやにや、にこにこしておりますが、家にいる私は「もうガス栓でもひねって死んでやれ」という気がたびたびします。どうせ、私はあんまり長生きできないだろうしね。あんまり長生きしても面白くないだろうし。だけど、自殺はしたくないのです。一つは恐怖心もありますが、やっぱりそれは卑怯だと思うからですよ。卑怯というか、人生に対する愛情がないと思うからです。

あっ。いったい何の話をしていましたかね？　どこで逸れてしまったんだ、きみたちがあんまり笑うからいけないんだ（会場笑）。そうだ、私が似合わないキリスト教という洋服を着させられたところでしたね。

私は小説を書き始めてからは、「今はどんなに似合わなくても、もう捨てない」と決めたのです。そのかわり、この洋服を自分の和服にしようと思い始めた。私の体は日本人の体ですし、着させられたのは明らかに外国の思想です。キリスト教を思想と言ったらいけないかもしれないけども、日本に来たキリスト教は明らかに「外国の思想」的な形態を帯びていますよ。日本人の意識下のものと結びついているとは言えない。そこを私は一つ一つ嚙みしめて咀嚼して自分のものにしていって、いつか自分の体に寸法を合わせて、とことん日本と日本人に合うようにしてやろうと思った。

私はいつでも、洋服と日本人の肉体との間の距離というか違和感を意識してきたのです。だから、私の小説のデビュー作が『白い人』とか『黄色い人』とかって題（『白い人・黄色い人』'55年／新潮文庫）になったわけですよね。

この自分のテーマを、フェレイラとロドリゴの対話に織り込みました。これは私がずっと考えてきたことですから、小説の大事な場面の中へ織り込みたかった。日本人が考える神、ヨーロッパの教会が考える神、日本人が信じるキリスト教、日本で布教する意味……。

二人の議論は平行線のままです。ロドリゴは転ぶことをきっぱり拒否します。それは苛烈(かれつ)な拷問と残酷な死を意味します。そして、ロドリゴが牢屋(ろうや)の中でひとり眠れずにいると、いびきが聞こえるのです。高く低く聞こえてくる音を牢屋の番人のいびきだと思った。自分が閉じ込められて死の恐怖に脅(おび)えてる時、愚かな番人が安楽ないびきをかいて眠っているというのはユーモアがあると思って、ロドリゴは一人で笑い出すわけです。しかしそれはいびきではなく、三人の隠れキリシタンの百姓が穴吊りにされて呻(うめ)いている声だと知らされます。

そしてロドリゴは、フェレイラから「もしお前が踏絵を踏めば、彼らは穴から引き揚げられ、手当ても受けられる」という二者選択の状況に追い込まれていく。さらに、「ここにキリストがおられたら、確かに彼らのために踏んだだろう」という言葉を投げかけられます。もちろん、フェレイラは自分が既に転向者であり、背教徒になっていますから、その仲間へ一人でも引きずり込みたいという気持ちがある。純粋な善意からではなく、妬(ねた)みや憎しみ、孤独や嫉妬(しっと)の気持ちからロドリゴを説得してくる。ロドリゴは踏む決心をします。足元に置かれた踏絵を見下ろすと、そこには日本に来てから初めて見るキリストの顔があります。しかしそれは自分が長いあいだ考えてきた立派で美しく威厳と栄光にみちたキリストの顔ではなくて、踏まれて摩滅してへこんで非常に悲しそうで、われわれと同じように疲れている、みじめな顔です。そのキリストがロドリゴに「踏むがいい」と言うわけです。まあ、「踏むがいい」と言うのをロドリゴは聴くわけです。

つまり、例えば私の女房が私の顔を踏んだら助かるという状況があって、もし私が彼女のことを愛しておれば、おそらく私は女房に「踏め。踏んで助かれ」と言うでしょう。あなたたちも自分の恋人がそういう状況に置かれていたら、おそらく「あたしを踏んで」と言うでしょう。あなたの母親はあなたに必ず「さあ早く、お踏み」と言うでしょう。もし、キリストが人間を愛しているならば、その時、「踏め」と言わなかったか……。

声を聴いたロドリゴは踏みます。踏むのだけども、踏んだということは同時に、彼は自分が今まで信じてきたものを裏切るという矛盾した状況に置かれることになります。そこから彼が何を考え、どうなっていくかということは、小説を読んでくれればわかります。

一年半の間、私はこの小説を毎日四枚ずつ書いていくことを自分に強いていたのですが、この踏絵を踏む場面だけは――ちょっと長いのですが――、ひと晩寝ないで書きあげることができました。書き終えた時は、全力投球で書けたという喜びで、これはやはり作家が持ち得る最大の喜びだなあと思いましたね。

しかし、どうも骨までくたくたになったような感じで、今も正直な話、まだ頭が混乱しているというか……本当はもっと回転速度が速いのですが、話したいことがたくさんあるせいもあって、要領を得なかったと思います。みなさんがあんまり笑うから調子が狂ったんだ（会場笑）。じゃ、どうも本当にありがとうございました。

（於・紀伊國屋（きのくにや）ホール／一九六六年六月二十四日）

『沈黙』

1966年／新潮社刊

数年まえ、長崎ではじめて踏絵を見た時から、私のこの小説は少しずつ形をとりはじめた。長い病気の間、私は摩滅した踏絵のキリストの顔と、その横にべったり残った黒い足指の跡を、幾度も心に甦えらせた。転び者ゆえに教会も語るを好まず、歴史からも抹殺された人間を、それら沈黙の中から再び生き返らせること、そして私自身の心をそこに投影すること、それがこの小説を書き出した動機である。

文学と宗教の谷間から

Ⅰ　交響楽を鳴らしてくれるのが宗教

実は私、紀伊國屋ホールで講演をするのはまだ二度目なんです。もっとも、アマチュア劇団「樹座（きざ）」の役者としては何回もこの舞台に立ったことがあります（会場笑）。例えばハムレットのお父さん、あの暗殺された国王なんかを演（や）ったんです。その舞台で「外国文学におけるキリスト教」なんて真面目（まじめ）なテーマで話をするのは、どうも勝手が違う感じがして戸惑っています。

今日は六回続く講演の、まずは〈序論〉のつもりです。次回以降は具体的に一つひとつの作品について、考えを申し上げていきたいと思っております。新潮社の講演会ですから、できるだけ新潮社が出しているもの、それも値段が安いものがいいですから、新潮文庫で出ているものをと考えていますが、意外と絶版もしくは手に入れにくい本も多くて、他の社の本を読むこともあろうかと思います。そのへん、新潮社の人に断ると、度量が広くて「どうぞ、どうぞ」と言ってくれました。読んで頂こうと思っている本の中には、私が翻訳しているものもあります。何だか申し訳ないような気がしますが、他の人の訳よりいいようなので仕方ありません（会場笑）。

私が翻訳したのはフランソワ・モーリヤックの『テレーズ・デスケルウ』という小説ですが、例えばこの小説をみなさんに一行一行味わうように読んできて頂いて、この場で「遠藤の考え方はこうであるけれど、どうでしょうか」という話し方をしたいと思っています。単なる解説や講演でなく、ご一緒に勉強していきたいのです。

私は年少の頃から曲がりなりにもカトリックの家に育って、キリスト教の色彩の強い本を読んできて、留学した時もその方面の文学を読み漁るようにしてきました。けれども、日本人ですから、どうしても〈西洋のキリスト教〉には距離感があります。ですから、向こうの小説を読む時、日本人の感覚で読んでしまいます。なので、みなさんに「ここはコレコレ、こういう意味じゃないか」と申し上げる解釈が間違っていることもあろうかと思います。「いや、遠藤の言うことは違う、私はこう考える」という方がいらっしゃったら、どうか遠慮したり恥ずかしがったりせずに、手を挙げて発言なさって下さい。私は導火線に過ぎなくて、みんなで一緒にテキストを読んでいきたいと思っているのです。

ご存じのように、最近は日本でもキリスト教信者である作家が増えてきました。私が書き始めた頃は、キリスト教について書く作家は他にほぼいなかったものですから、私がパイオニアといいますか、教えてくれる人もいないままに書いてきました。今は心強いもので、三浦朱門さん、曽野綾子さんもいますし、近年では高橋たか子さん、大原富枝さん、戯曲の矢代静一さんなどもいらっしゃる。プロテスタントでは、亡くなった椎名麟三さんがおられた。昔とちがって、一種の「精神共同体」ができたような歓びを持てるようになったのです。

それでも、われわれが、つまりキリスト教信者である作家が、日本で小説を書く悩みは今なおあります。読者にきちんと伝達できているのか、どう書けばわかってもらえるか。小説家である以上、私たちは、少なくとも私は、別にキリスト教信者のために小説を書くのではなくて、まったくキリスト教に興味のない人にもキリスト教が嫌いな人にも読んで貰いたいと心から願っています。でも日本では、キリスト教を扱っているというだけで敬遠されてしまうのです。

ジョルジュ・ベルナノスというフランスでは非常に有名なカトリックの作家がいま

す。彼の『田舎司祭の日記』という名作が映画化されたことがありまして、ちょうどそれが公開された時、私は留学中でリヨンにいました。一九五一年のことです。みじめで心やさしい司祭を主人公にしたこの映画の上映館は押すな押すなの盛況で、すごい熱気の中で上映が終ると、壇上に現れた監督のロベール・ブレッソンと観客たちの間で白熱した議論が延々と交わされました。私もその議論の応酬を客席で聞いていました。けれど日本ではキリスト教をテーマにした映画など、観客からまったく無視されます。当然でありましょう。どうしたって、アーメンものというのは、日本人にとって距離感があるし、煙たくもあるんですね。今でもそんなに変化があるようには思えません。

ですから、そういう日本にいて、私が生きるために選んだ——思想とまではいかなくても、私にとって大切な——キリスト教というものを織り込んだ小説を書く時、私が書いたことをどこまで理解して頂けるのだろうかという不安は非常に強くあるわけです。

例えば、ある短篇で、自分の可愛(かわい)がっていた小鳥が私の掌(て)の中で死んでいく場面を書きました。その場面は、十字架に架けられて死んでいくイエスの眼であったり、私にとって非常にキリスト教的なもののイメージを絡(から)め合わせて書いたつもりなんですが、読者には単に鳥が死んでいくとしか読んで頂けないんじゃないか。あるいは、犬の眼を描写しても、そこから弟子のペトロを見るイエスの眼差し、まさに愛の涙がこぼれようとしているイエスの眼などを想像してはもらえないんじゃないか。

私に『沈黙』という小説があります。これはキリシタン時代の話で、日本の役人に捕まったポルトガル人司祭が踏絵に足をかける、とうとう踏んでしまう、という場面があります。それは真夜中から明け方にかけての場面でして、最後に「こうして司祭が踏絵に足をかけた時、朝が来た。鶏が遠くで鳴いた」と書きました。聖書をお読みになった方ならばわかってくださるでしょう。イエスが捕えられた後、ペトロがユダヤ人の大祭司カヤパの官邸で「イエスを知っているだろう」と問い詰められます。そしてイエスの予言通り、鶏が鳴く前に三度「イエスなんか知りません」と言ってしまいます。私の小説の中で鶏が鳴くのは、そんな聖書のエピソードと重ね合わせているわけですが、私が知合いの批評家にそれを言いましたら、彼は「ああ、そうだったのか。僕はただコケコッコーと鳴いたのかと思っていた」と言った。別に冗談でもなく、彼は本気で言ってくれたので、ああ、日本でキリスト教を考えながら小説を書くのは辛いというか、そんなところなのだろうなと痛感したものです。

逆に言うと、われわれが外国の小説を読む時に、同じような見落としは、どうしても起こるのではないでしょうか。

例えばジュリアン・グリーン、アメリカ人の両親の下にパリで生まれたこの作家に『モイラ』という小説があります。神学生である青年ジョゼフが、自分を誘惑し肉欲を刺激したモイラという女性を殺してしまいます。あまりに潔癖なピューリタニズムの果てにモイラを殺したジョゼフは、死体を雪の中に埋めます。雪は霏々(ひひ)として降っている。われわれはこの雪を自然描写として読むべきか、あるいは、雨でも晴れでもいいのに、なぜ雪なのかと考えて読むべきか?

あるいは、フランソワ・モーリヤックの『テレーズ・デスケルウ』の中に、「葡萄(ぶどう)畑(ばたけ)に夕日が射(さ)していた」といった何気ない一行が書かれてあります。われわれ日本の読者なら、葡萄畑を思い浮かべて、そこに夕日が射していたんだなと受け取るのが当然だし、それで全く悪いことはない。しかし聖書をお読みになった方なら、葡萄もしくは葡萄酒が聖書に占めている意味をご存じでしょうし、ルオーの絵をご覧になった方は夕日の意味をお考えになるでしょう。西洋の読者ならば、キリスト教信者であれ共産主義者であれ、こういう感覚なり知識なりは代々受け継がれてきています。子どもの頃から家庭で植え付けられていますから、作家が「葡萄畑に夕日が射していた」と書いていれば、そこへ二重の意味、三重の意味を重ね合わせて読むことができるのです。明らかに、モーリヤックはそのへんを計算して書いていますよ。

この『テレーズ・デスケルウ』の最初のところに、女主人公テレーズの、「決して美しくなかったけれど、魅力がある女だった。額が広くて云々」みたいな描写があります。私も翻訳する機会がありましたから、向こうのモーリヤックの研究書などを読んでみました。それで学んだのですが、「額が広い」というのをフランス語では普通、オー haut = 高い、という形容詞を使います。私のような額ですね。それをモーリヤックはヴァスト vaste = 広いという形容詞を使っている。と同時に、これはデヴァステ dévasté = 寂寞とした、という形容詞をすぐ連想させます。つまり、モーリヤックは「テレーズの額が広い」という描写をしながら、普通使われる言葉とは違う言葉をあえて使うことで、額が広いだけではなくて孤独な女というイメージも持たせている。

ひとつの描写にそういう二重、三重の意味を持たせる小説家の書く小説ならば、先の一文も、ただ葡萄畑に夕日が当たっていると読むべきではないと思います。「ああ、そうですか、葡萄畑に夕日が当たっているんですね」では、おそらく済まされないものがある。けれど、われわれ日本人にはキリスト教の感覚がないので、どうしてもそこまで読み取れない。

それはジュリアン・グリーンの『モイラ』でも言えることで、自分が殺した女を雪の下に埋め、霏々として雪は降り続けているという場面も、単に「雪が降っている」と読み取らない方がいいのではないか。私も小説家のはしくれですから、そして私は特に自然描写が好きですから、よく自然描写を書きます。自然描写は登場人物の内面の反映か、あるいは内面のもっと奥にあるものの反映として、小説家は書くんですよ。もし、そういう読み方をしていけば、外国の小説に二重三重の意味が隠されていることもわかるのではないかという気がいたします。そういった部分をテキストに即して、私もみなさんと一緒に考え考えしながら読んでいきたいと思います。

「キリスト教作家」と呼ばれたくない理由

次回は今ちょっと紹介しました『テレーズ・デスケルウ』を取り上げたいと思っております。もしこのモーリヤックの小説を読んできて下さるならば、私の読み方ではありますが、みなさんにひとつ宿題を出させて頂きます。

『テレーズ・デスケルウ』の筋書は簡単で、夫を毒殺しようとして失敗した女の話です。そのため家を出て独りで生活せざるをえなくなりますが、この小説の中で、彼女は最後まで救われません。モーリヤックも「どうにもならなかった」と自己解説のような文章で書いています。

けれど、それでも彼女が救われる可能性というのはあるわけです。その可能性を、モーリヤックはこの小説にほんの二行か三行で書いています。それも説明でなく、描写で書かれている。私の考えではありますが、「それはどこか?」というのを宿題だと思って、読んできて下さい。次回の冒頭でまず二三の方をあてて、答えて頂きます。嫌がらせです（会場笑）。当たった方には、私の本を一冊タダで差し上げましょう。そんなことをいうのは、当たらないという自信があるからです（会場笑）。どうぞ私の挑戦を受けて下さい。

この連続講演は「外国文学におけるキリスト教」がテーマですが、もちろん中世の文学も現代の文学も全てを網羅するわけではありません。二〇世紀のヨーロッパにおける文学だけに限定してお話しすることになります。その現代ヨーロッパでキリスト教信者でありながら小説を書いている人たちに共通する姿勢があるんです。

これは最初に申し上げた私の姿勢とも重なりますが、彼らは「キリスト教作家」と呼ばれるのを嫌がります。私もそうですから、彼らの気持ちがよくわかる。なぜかと言いますと、彼らは「自分たちは普通の一小説家だ」と言うわけですね。『情事の終り』『事件の核心』などで知られるグレアム・グリーンというイギリスの作家も「私はキリスト教作家ではありません。たまさか登場人物の中に宣教師や神父が出てくる小説を書く作家だと考えてもらった方がいい」と言っています。

彼らが何故ひとしなみにキリスト教作家と呼ばれるのを嫌がるかというと、まず第一に、「私はただの小説家であって、キリスト教の宣伝とか布教とか教えの正しさの証明のために書いているのではない。私たちは『パンフレット作家』ではない」という考え方からですね。

日本では翻訳は少ないけど、キリスト教の護教のために書かれた小説というのが沢山あるんです。私もいくつか読んだだけで思い出しもしませんが、卑俗な言い方で例を申しますと、ここに重い患いをした娘がいる。彼女を一所懸命看病する婚約者は共産主義者だったと。しかし、病に耐えながら死んでいく娘を見て彼は感動して、神の存在を感じ始めた——。こういうのがいわゆるキリスト教護教小説で、つまり「キリスト教はいいものである」と宣伝するための小説ですね。

私たちがここで読んでいこうとするキリスト教作家たち、フランソワ・モーリヤックにせよグレアム・グリーンにせよ、あるいはジョルジュ・ベルナノスやジュリアン・グリーンにせよ、ある主義・思想の正しさの証明のために小説を書くつもりは毛頭ないわけです。普通の小説家と同じように、普通の人間を描くために小説を書いている。

ここでパンフレット作家と言ったら悪いのですが、キリスト教護教作家の例を挙げると、日本でもわれわれの先輩たちがたいへん好きだったポール・ブールジェという作家がいました。彼の『弟子』という小説など実に巧妙なるパンフレット小説、護教小説です。今は古本屋でしか買えないでしょうが、どこかで見つけたらお読みになってご覧なさい。非常に面白い小説ではあるんですよ。

ポール・ブールジェが育ったのは、フランスではエルネスト・ルナンとかイポリット・テーヌなどの実証主義が流行った時代です。例えばルナンの『イエス伝』というのはいろんな形で、環境から何から実証できるものは実証していくという形でのイエスの伝記です。

そんな実証主義時代に育ったブールジェが、テーヌをモデルにアドリヤン・シクスト先生という登場人物を創っています。シクスト先生は実証主義の哲学者であり、人間の心を分析していけば全て理解できると確信しています。そして『恋愛における情念論』という本を書きます。ある日、一人の青年がシクスト先生の弟子を志してやってくる。この青年は、先生の理論を実践してみることで、理論の正しさを証明しようとします。自分が家庭教師をしている少年の姉を、先生の心理分析の通りに、嫉妬はこうして発生するとか、理論をさまざまに適用していくと、少年の姉は彼のことを愛してしまうようになる。やがて理論が尽きたところで、彼女を根本的に裏切る結果になって、その兄に青年は殺されます。残された青年の手記を読んだシクスト先生は粛然となり、「我なくんば、我を求むることなし」というパスカルの言葉を思い出して、神の存在を思う――。こういう小説なんです。

昔読んだから少し筋は曖昧かもしれないけど、とっても面白いんですよ。非常に構成もいい。でも読んでいて、どこか首をかしげてしまう。どこか、つまらないところがある。それは途中から、アドリヤン・シクスト先生がやがてキリスト教というものに頭を垂れるであろうことが予想されて、そのレールの上を作中人物が走っているというつまらなさが読む者の心に忍び込んでくるからです。ブールジェは決して下手な作家ではありませんので、そのへんを隠し隠ししながら書いていますから、読むに堪えないものではありませんよ。でも、どこかから隙間風が入ってくるのです。『弟子』と例えばモーリヤックの『テレーズ・デスケルウ』を較べると、歴然とした差があります。つまり、犯人が途中でわかってしまうような推理小説はやっぱり面白くありませんよね。モーリヤックの言葉を借りると、「小説家は人間の真実を書くものだ。その真実を、たとえ自分がキリスト教信者であるからといって、キリスト教の方へねじ曲げたり、作中人物の心理に嘘(うそ)を書くことは許されない。作中人物は小説家の操り人形ではない」ということになります。「右向けェ右」と命じたら作中人物が右を向くような小説のつまらなさは読者に伝わるのです。ブールジェの小説はテクニックは巧(うま)いし面白いけど、左向け左と言うと左を向く作中人物ばかりなんですね。

しかしこのモーリヤックの言っていることは正しいのだけど、現場で小説を書いている人間にはきわめて難しいことでしてね。私なんかでも、ある小説を書こうとすると腹案を練りますよ。「この作中人物はこうなる」とか腹案を持って書いていくと、どうしても右向け右とこちらが言うと、やはり作中人物は右を向くんですね。私が左向けと言っているのに、「いや、おれは嫌だ。ここで左を向くのは、人間の心理からいって嘘だ」と作中人物が宣言して、勝手にどんどん別の方向に行ってしまうような感じを持ったことは、そうですねえ、私は三度か四度しか経験したことがありません。だから私は下手な小説家なのです。

ドストエフスキーが『悪霊』を書いている時、スタヴローギンという作中人物が作者の思惑と違う方へどんどこどんどこ勝手に歩き回り始めたと、『作家の日記』か何かで読んだことがあります。それが本当の小説家がいい小説を書いている時の感覚なのでありましょう。モーリヤックもテレーズを書いている時、作中人物に愛情がありますから、当然彼女を孤独から救ってやりたいと思っていました。でも、どうしても人間の心理の真実を描く以上、そして彼女が作者の思惑を超えて進んでいく以上、救ってやることができず、テレーズは暗い孤独な世界にいるままで小説のページが終わってしまいます。

モーリヤックは『テレーズ・デスケルゥ』の後、続篇の『夜の果て』(『夜の終り』の題で邦訳あり)でもう一度、孤独から救い出そうとテレーズを書いてみたけど、やはりダメなんです。やはり彼女は作者が望んだであろう再生や光の世界へとは向かわず、闇(やみ)の世界にいます。さらにテレーズの出てくる四つの短篇を書いたけれど、それでもテレーズは孤独のままでした。これはポール・ブールジェと違って、モーリヤックが作中人物の自由を尊重したからです。作中人物が小説家の操り人形になっていないからですよ。ということは、モーリヤックは「小説家」であり、「キリスト教小説家」ではないという証(あかし)でもあるのです。

繰り返しになりますが、本当の人間を書く、嘘の心理は書かない、ということが大事なのです。そして、モーリヤックはこんなことも付け足しています。本当の人間を描くためには、単純に言うと〈暗い、汚(けが)れた部分〉も見なくてはいけない。小説家ならば、そんな部分へ手を突っ込まないといけない、と。キリスト教信者としての自分を優先させて、そこを避けてしまうとパンフレット小説、護教小説になってしまうのです。しかし小説家としての義務で手を突っ込んでいくと、キリスト教信者としての自分が壊れてしまうかもしれない。そんな形で、自分の中の〈キリスト教信者〉と〈小説家〉が戦っているのです。これはグレアム・グリーンもジュリアン・グリーンも同じ問題を抱えていたと思います。

ただ、彼らが羨ましいのは、「葡萄畑に夕日が射していた」と書けば、その二重の意味をわかってもらえるんですね。こっちは鶏が鳴いていても、「ああ、コケコッコーか」とだけ受け取られる（会場笑）。そんな異邦人の悩みを持つ私から見れば、彼らは読者への伝達の点では悩みがない。彼らの小説を読むたびに、私は「ほら見ろ、苦労しなくてすんでるよ」なんて、己の技術の下手さをタナにあげてそう思いますよ。

話がそれちゃいましたが、小説家の義務として、人間のすべてを直視しないといけない。どろどろした部分、罪の部分、悪の部分にも手を突っ込まないといけない。小説を書いていると、肉欲を持ち、殺人を犯し、嫉妬心を抱くような人間の暗く汚れた部分が出てこざるをえない場合がある。僕は人を殺す勇気がとてもないし、嫉妬心も希薄な立派な男ですけど（会場笑）、小説家のはしくれとして、貧しい経験を拡大し、イマジネーションを総動員して書いていきます。そうやって書いていると、凡庸な作家でも、人間の暗く汚い部分をしたたかに味わいます。モーリヤックのような優秀な作家になると、肉欲や嫉妬など彼が罪だと思うことを書いている時、彼は自分が確かに罪を犯していると感じたに違いないのです。しかし、罪を犯さなければ「人間を書く」という小説家の義務に背くことになる……。モーリヤックの葛藤は私のような小説家にもよくわかるのです。

ええと、私ちょっと時計が……これ時計ですか？（会場笑）いま何時ですか。もうおしまいにしましょうね（会場笑）。

本当の宗教とは？

今の話と通ずるところがありますが、人間の中には矛盾し合うようないろんな要素が存在しますね。そんな人間のある部分的なものにだけソロの楽器を鳴らすような、人間の一部分にだけ応ずるような宗教は本当の宗教ではないのではないか——この十年ほど、そんなことを考えるようになりました。

例えばミッション・スクール一年生くらいの若い娘のきれいな気持ちにだけ応える

宗教なら、私はやっぱり満たされません。人間の中のすべての要素、それが人間的なものであればどんなにいやらしい汚れた部分にも応じて、オーケストラのような音を出してくれる宗教でないと私は満たされない。キリスト教が本当の宗教なら、人間のどんな部分に対してもきちんと交響楽を奏でてくれるはずだと思っています。

いやらしい部分、汚い部分、矛盾する部分を持つのも人間なのだから、そしてそんな人間を書くことこそが本当の意味での「キリスト教作家」なのだから、怖がらずに書いた方がいい。けれど同時に、この矛盾した人間を書くのは何と難しいことかしら、とも思うのです。

心理小説というのがありますね。高速度撮影したように、心理を詳細に分析したり、描写していく。レイモン・ラディゲの『ドルジェル伯の舞踏会』とかラ・ファイエット夫人の『クレーヴの奥方』とか、フランスの小説が得意としましたし、日本でも女ごころの動きを描くのが巧い小説家はいます。でも私は、それではやはり満たされないのです。

なぜなら、人間は心理だけではないからです。心理の奥に、背後に、盤根錯節のどろどろした無意識があって、そこにさまざまな心理なり記憶なりが境目もなく絡み合っています。

しかも、ひょっとしたら人間は無意識の底に、もっと深い内面があるのかもしれない。ほかに言葉がないから、それを〈魂〉と呼んでもいいかもしれませんが、その無意識を超えた内面がおそらくあるのではないかと私は思うようになりました。本当に人間を描くのならば、そこまで描かないといけない。ドストエフスキーならば書けたでしょうが、私にはとても書けない。しかしその深さまで人間を描くことができれば、そこには宗教というか、神さまとか、いろんなものが入り込んでくるような気がしているのです。

人間の心理の奥、無意識の底の世界まで描き、人間に対して交響楽を鳴らすのが本当の意味のキリスト教文学であろうと思いますし、おそらくその奥底の部分へ入り込もうと努力したのが、今日名前の出た作家たちなのです。

先ほど『テレーズ・デスケルウ』について宿題を申し上げたけど、「見つけて下さい」と言った二行は、まさに人間の奥底の部分に触れているのではないかと私は考えています。

これから一緒に読んでいく小説の中には、何故これがキリスト教小説と呼ばれるのかわからないものもあるでしょう。闇ばかりだとか、孤独でありすぎるとか。それはキリスト教作家が普通の小説家と同じように書きたいという思いのせいかもしれません。しかし、作中人物に救いを与えたい、光の世界に連れ出したい、という部分はあるのです。それはしばしば、ほのかに、つつましやかに、象徴的に書かれてあります。お互いに、探しっこいたしましょう。私が見つけるのが真犯人なのかどうかはわかりません。間違った人を逮捕するかもしれない。その時は手を挙げて指摘して下さい。

（於・紀伊國屋ホール／一九七九年一月二十六日）

Ⅱ　人が微笑する時

前回、「テキストをできるだけ読んできて下さい」とお願いしましたが、読んできて下さったでしょうか？　今日取り上げる『テレーズ・デスケルウ』をまだ読んでらっしゃらないという方、手を挙げて下さい。（会場の多数が挙手）かなりひどいな、これは（会場笑）。読んでいらっしゃらないと、僕の話がまったくつまらないですから、読んできて頂きたいと思います。少なくとも筋の説明などをここでするとと、時間が無駄になりますからね。

それに『テレーズ・デスケルウ』と申しましても、私の翻訳のほかに三種類ぐらい、ほかの訳者の本がございますので、どの本をお読みになったかわかりませんが、何ページ何行目というのが訳によって違ってきます。つまり、「何ページの前から何行目の―」といったことも申し上げられない。ですので、テキストを摑(つか)んできて頂かないと、ちょっと説明しづらくなるのです。

どうも、弱ったな。僕はみなさんが読んできたという前提で、お話をしようと思っていたものですから。じゃあ、読んできた方、ちょっと手を挙げてくださいませんか。

（**受講生**　すみません、先生の翻訳でのご本は手に入りませんでした。）

私の本がですか？　そんなことないでしょう、講談社文庫ですよ？

（**受講生**　前回のお話があって、すぐ本屋さんに注文を出したんですけど、ないって。）

主婦の友社から出ている『キリスト教文学の世界』の方はどうです？

（**受講生**　ないんです。）

僕の本、すぐに売れちゃうんでね（会場笑）。まあ、今日はみなさんが読んでいないという前提で話しますが、これからは必ず読んできてもらいたい。それじゃないと、こっちも困るからね。

『テレーズ・デスケルウ』を書いたのは、前回も紹介しましたようにフランソワ・モーリヤックというフランスの小説家です。一九二七年に発表されたこの作品は、日本でも戦前から知られていましたが、当時は読み方が違っていて、例えば堀辰雄さんなんかは『テレェズ・デケルウ』と書いています。堀さんもこの小説に感動し、影響を受けたひとりです。

もうずっと昔のことですが——さすがに戦前じゃありませんけれども、一九五〇年代の頭に私はフランスへ留学しまして、『テレーズ・デスケルウ』の背景になっているところを歩き回ったことがあります。それはフランスの南西部、あのワインで有名なボルドー地方からランド地方、スペインの国境に至るまでの、松林と砂地が延々と広がる荒野のようなところでした。私は学生時代からモーリヤックが非常に好きだったものですから、せっかくフランスに来たのだからと、『テレーズ・デスケルウ』をはじめとする作品の舞台となりモーリヤックが詳しく描いた土地に行ってみようと思い立って、夏休みに出かけてみたのです。

実際に行ってみて気づいたのは、あのあたりには最後に〔アック〕とつく地名が非常に多いことです。例えばコニャックってブランデーの種類がありますね。あのコニヤックも土地の名前で、語尾にアックがつきます。そしてモーリヤックの作品の題名になっているフロントナックという土地もありました。そして、モーリヤックという村もあるのです。

さっき言った堀辰雄さん同様、私はモーリヤックを非常に尊敬し、かつ影響を受けていたものですから、ボルドーにある彼の生家も見に行きました。彼が幼年時代から少年時代を過ごした家が残っていました。もっともモーリヤックはまだ存命で、ノーベル文学賞を貰ったのは私がボルドーを訪れた翌年、一九五二年のことです。彼の生家は想像以上に大きな、地主の屋敷でした。お兄さんがボルドーにある大学の医学部で教授をされておられて、たまさか紹介してくれる人がいたものですから、そのお兄さんにお会いして「あなたの弟さんは、いつ頃こちらに帰って来られますか？」と訊くと、「秋になって、うちのお百姓さんのヴァンダンジュ――葡萄狩りですね――、その監督をしに帰ってくるでしょう」と答えられた。つまりモーリヤックは小説家であると同時に、ブルジョア階級の一員でもあるわけです。ジッドなんかもそうですが、土地なり財産なり、筆一本で食べていかなくていいだけの余裕がたっぷりあるんですね。少しいやな気分になりました（会場笑）。

モーリヤックがその屋敷で育った少年時代、十八歳の時に、ある瘦せた女が自分の夫を砒素を使って毒殺しようとした事件が起きました。スープか何かに砒素をそっと入れて飲ませると、医者でもなかなかわからないそうですね。飲まされた人間の髪から砒素が検出されて、ようやくわかる。この事件が『テレーズ・デスケルウ』の一つの外面的なモデルになったわけです。もっともフランスでは妻が夫を砒素で殺すという事件は多いんですよ。私も何度か、三面記事で読んだ記憶があります。

もちろん、モーリヤックはこの事件、あるいは犯人の女を描こうとしたわけではありません。彼は「現実が私に与えてくれたものを利用して、私は実在の女とはまったく違った、もっと複雑な女性、テレーズ・デスケルウをつくろうとした」という意味のことを語っています。「実在の被告の犯行動機はもっと単純なものだった。彼女は夫のほかに別な男があったのである。だからこの女は私のテレーズとは共通なものはなにもない。テレーズの場合は自分がなぜ、このような犯行を犯したのか自分でもわからないところに悲劇があったのだから」と。

陶酔できない女

『テレーズ・デスケルウ』をお読みでない方のために、簡単に筋書をご説明しておきましょう。

テレーズ・ラロックという女がいまして、彼女はモーリヤックと同じ地主の娘なんですが、娘時分から非常に現実的なというか、冷めた気持ちの持ち主でした。現実的な女ですから、それゆえにある年ごろになると、自分が娘でもなく人妻でもないという不安定な状態に耐えられなくて、同じ町に住む、やはり地主のデスケルウ家のベルナールと結婚するわけです。

ベルナールはパリ大学の法科を卒業した男で、教育的にも宗教的にも生活的にも安定した堅い青年で、顔立ちだって悪くない、いい夫でした。テレーズの心を引き付けたのは、やっぱり現実的な女ですから、豊かな生活が保障されていることもあったでしょうし、自分の不安定な——娘でも人妻でもないという——立場から抜け出せるということもあったでしょう。

ただテレーズは、何と言ったらいいか、酔えない女なんです。モーリヤックはそんなこと書いていませんけども、もし私が書くとしたらですよ、テレーズはベルナールと婚約中にキスをしても、薄目をそっと開けて、相手の顔を見る。そんなふうに書くでしょう。

今日お集まりのみなさんの中で、お嬢さん方もたくさんいらっしゃいますが、キスの時、目を瞑って しまわない方はどれだけいますか？（会場笑）薄目をそっと開けて、相手の顔を見てごらんなさい。キスしている男の顔ほどのバカ面はないですよ。これは当然、気持ちは醒めるでしょう。モーリヤックは別にそんな、私みたいなバカげたことを書いていませんよ。でも、言ってみれば、テレーズというのはそういう女なのです。だから男にとってはあまり感じのいい女じゃないと思う。でも、テレーズはとっても魅力がある。

それで結婚生活が始まるんですが、このベルナールという夫は別に悪い男じゃありません。むしろ非常にいい男です。例えば結婚早々、私なんかもすぐ飲み歩いたりしましたが、そんな日本の小説家みたいなことはしない。無論のこと、物を投げつけたり、口汚く罵ったりもしない。堅実だし、熱心なキリスト教信者でもある。ベルナールを悪い男として読んではいけない。

二人は新婚旅行でパリへ行きます。そうすると、みなさんがパリに行った時も同じかもしれませんが、ルーブルの美術館へ行きます。「ミシュラン」なんかの旅行案内に〈ルーブルで見るべき絵〉なんて載っているでしょう？　ルーブルは広いですから、私などもそうですが、一々見て回ったら時間もないし、くたびれるので、「モナリザ」とか、そんなガイドブックに紹介されている絵だけ見ますよ。ベルナールも同じで、有名な絵だけを走って見に行く。これも別に悪いことではないですよね。
それから、この新婚旅行中にいいレストランへご飯を食べに行きます。テレーズが食欲が出ないでいると、「あ！　なぜ食べないんだよ。高いんだぞ、ここ」。そうしてね、「あ、それともあれかな。まだ早すぎると思うけど妊娠したのかな」なんて言うのがベルナールって男です。

で、テレーズが眺めていると、このベルナールは肉を噛(か)んでいる時、こめかみがピクピク動くのです（会場笑）。みなさん笑うけど、だからってベルナールは悪い人じゃないでしょ？　僕だって、肉を噛むとこめかみが……（会場笑）。むしろ、それをじっと見ているテレーズの方が悪い人じゃない？

だってベルナールは、パリの街でふと入った、ストリップをやっている劇場から見せつけがましく外へ出ると、「こんなものを外国人が見て、フランスを判断されたら恥ずかしいな」ってイヤな顔をして言うような男です。夫婦の性生活のことでも、これはしてはいいこと、これはしてはいけないことというのを区別している。決して悪い人間とは言えない。

でもテレーズは彼のそばにいると、だんだん疲れてくるわけ。疲れるというか、お正月のお餅(もち)をたくさん食べると、何とも言えずお腹(なか)が膨れて、もたーっとした感じがしてきますが、ああいう感じ。いや、モーリヤックはそんなこと別に書いてないですよ（会場笑）。だけど、私たち日本人の感覚に置き換えると、彼女は夫のそばにいると、お正月のお餅をたくさん食べたような感じがしたのではないでしょうか。

もし、「遠藤、それは間違ってるよ」と思われたら、遠慮なく手を挙げて、「いや、違います」と仰って下さい。僕は、みなさんから「遠藤さんの解釈は間違っていますよ」と言ってもらいたいんだ。テキストを読まなかったらさ、僕の言いなりになっちゃうから全然つまらないんです。

テレーズが毒を盛った理由

このベルナールという夫は、テレーズの目から見ると、一＋一は二であり、二＋二は四であり、四＋四は八であり、これはしていいこと、これはしてはいけないこと、これは正しいこと、これは間違っていること、これは善、これは悪ということが、もう生活の中で決まっている男なんです。つまり人生の中で、二＋二は四でもあり、六でもあり、八でもあるということがわからない人だったんだろうと思います。だから、テレーズにしたらやっぱりお正月のお餅みたいな感じがしたのかもしれません。

小説としてはというか、小説家としては、このテレーズみたいな主人公には、対比する人物を当然出さなくちゃいけないのですね。ここでは夫ベルナールの妹、アンヌという娘が出てきます。アンヌは、テレーズとは学校時代の同級生です。彼女の方は、キスする時にはきちんと目を瞑ってキスするような娘。テレーズとは全然違って、恋人ができると盲目的に酔うことのできる女です。テレーズの心の中にはそういったことのできる、つまり人生で酔うことのできる女に対する劣等感や妬みがあります。事実、アンヌがテレーズに自分が慕っている青年の写真と恋ごころを打ち明ける手紙を送ってくると、その写真の心臓のあたりをピンで刺して、便所に捨てて流してしまいもします。

そんな状態の中で、やがてテレーズが身ごもります。僕は妊娠したことがないからわからないが、身ごもるとよけいに夫への思いが、お腹の中のお餅のように膨らんでくるのではないですか。女の子を出産した後も、テレーズはそんな気だるさと疲弊を覚えたままです。

このころ、ベルナールはだんだん脂肪が付き始めまして、体の調子が少し悪くなって、お医者さんから薬を貰って飲むようになっていました。これは砒素療法の劇薬でして、コップの中に二滴くらい落とすだけで、それ以上飲んだらいけないような薬。

数週間も雨が降らなかった後の、ある暑い日です。彼らの家はサン＝クレールという土地にあったのですが、その周りは松の森がずうっと広がっています。私も実際に歩いてみましたけども、松の森が延々と続いていまして、一時間歩いても二時間歩いても誰にも会わないようなところです。大西洋の海風を防ぐ防風林なんですね。一家が昼食を食べていた時、下男たちがなだれ込んできて、森火事だと。というのは、松の枝と枝が擦れ合って自然発火する火事がよく起きるんです。私が歩いた時にも、あっちこっちに焼跡が残っていましたけどね。

火事のせいで、樹脂が焼ける匂いがして、煙が立ち上って、太陽を汚している。それをベルナールが見ながら、毛だらけの大きな手でコップに薬を入れる。ここは非常に映画的な、クローズアップの手法でモーリヤックは書いています。テレーズは、さっき言ったように、ずっとお腹にお餅が溜まっているような状態でベルナールのそばにいる。火事にも関心なく、ただ彼を見ている。彼が騒ぎに紛れて、いつもの倍の分量をコップに入れたのに気づいたけれども、黙っていました。火事騒ぎがひと段落すると、ベルナールが「あ！　僕、薬飲んだっけ？」と訊いてくる。訊いてきたのですが、テレーズは何かしんどくてというか、かったるくてというか、黙っていた。彼は薬をまた飲みます。

その夜、当然、劇薬を余計に飲んだから、彼は吐いたりして苦しみます。その看病をしながら、テレーズの心の中に「もう一度だけ」という声が聞こえてくる。もう一度だけ試してみよう。そして、もう一度だけ試したら、それでおしまいにしようと。もうあとはこの人の忠実な妻になろう、ずっと忠実な妻でいようと。

彼女は薬屋を誤魔化して薬を入手して、もう一度だけ夫に飲ませるわけです。飲ませた結果、もちろんベルナールはもがき苦しみ、お医者がやってきて、一命は取り留めます。そしてお医者が不思議に思って、テレーズが薬屋から劇薬を買ったことがわかるわけですね。

だけど、ベルナールの家は日本の地方の旧家と同じように世間体を重んじます。フランスというのは非常に保守的で旧弊なところがあるんですよ。われわれがいわゆるフランスだと思っているのはパリだけでしょ？　私はリヨンという町へ留学したのですが、もう本当に順応主義と因習と世間体ばかりで、これは日本の地方とそっくりですよ。ですから、ベルナールとテレーズも離婚はできない。彼らはキリスト教信者だし、旧家で世間体ということを非常に重んじるから。表に出る時は夫婦みたいな格好をしながら、実はテレーズをサン＝クレールから歩いて一時間弱くらいかな、アルジュルーズという土地に移して、別居します。以来、テレーズ・デスケルウは下男夫婦の監視を受けながら、一人で生活するようになった。でも、然るべき時、例えばベルナールの妹アンヌの結婚式なんかには、あたかも普通の夫婦であるかのごとく教会へ行ったりする。

テレーズは毎日、タバコを吹かして、パリから送られてくる新刊の小説本を読んで、さまざまな空想に耽り、自分がパリへ行って、いろんな芸術家や、小説家に取り囲まれている姿を思い浮かべたりします。

アンヌの結婚式の翌日、新婚旅行以来初めて夫婦はパリへ行きます。そしてパリのカフェで、ベルナールが初めて、「あれは……おれをきらいだったからか？」と訊くんです。それまで、どうしておまえはあんなことをしたんだ、なぜおれを殺そうとしたんだと、一度も訊いてくれなかったベルナールが意を決して言葉にした。けれど、それは彼女自身も、自分がなぜやったかはわからないんですよ。だから彼女は「おそらくあなたの目の中に不安と好奇心の色をみたかったのかもしれないわ」と言うわけです。そうしたら、夫はやっぱり怒るわけですね、何を言われているかわからないから。

ベルナールにしたら、それはもうずうっと訊きたかったけれども、怖かったり、いろんな複雑な思いがあって、訊けなかった。それをやっとその時、訊ねたにもかかわらず、彼女は「あなたの目の中に不安と好奇心の色をみたかったのかも」なんて言うだけです。夫は怒りながら去っていって、テレーズはカフェにひとり残って、「自分たちの土地には松の森があったけど、パリには人間の森がある」と思いながら、ワインに口をつけ、タバコを吹かして、そこで小説は終わるんです。

いま僕もだいぶ省略して紹介しましたけど、筋書なんか喋(しゃべ)ったって、どうにもしょうがない。そういう小説ですよ。

モーリヤックも救えなかった

この小説は、構成としては、もう事件が終わったところから書かれています。つまり、ベルナールに劇薬を飲ませたことが発覚して裁判沙汰(ざた)になったけれども、テレーズの実家も、またベルナールの家も世間体を考えて、免訴にしちゃうわけです。その裁判所へ、テレーズのお父さんと弁護士とが、釈放されたテレーズを引き取りにいくところから始まります。テレーズは裁判所のある町からサン゠クレールまで汽車に一人で乗って、自分と夫のこと、結婚の時からのこと、自分の犯行のことなどを一つひとつ思い出していくという形式を取っている。お読みになっていないと、私が何を言っているか、よくわからないでしょう。

普通の小説ですと、これから起きていくことを順番に書いていくんですが、この小説の場合は、もはや済んでしまったことをもう一度、もう一度と思い出しながら進んでいきます。一駅ごとに回想が深まっていく。そしてテレーズは、もし自分が夫のもとに帰ったならば、ひょっとしたら、「いいんだよ、もう何も言うな」と言ってくれるかもしれないとも思います。「きみが淹れたものなら、それにたとえ毒が入っていようと僕は喜んで飲もう」なんてベルナールが言わないかとチラッと期待しもする。

もちろん、そんな夫ではありません。彼女は夫のところからアルジュルーズへ一人移されて、孤独な生活をしなくてはならなかったわけです。

いま申し上げたように、テレーズが汽車に乗っている間、昔のことをずうっと思い出すような形で書いてありますから、私は当然、実際の土地にも汽車が走っているものと思っていました。だって、地名は本当の名前を使っているから、サン＝クレールとかアルジュルーズとか、実際に地図を広げるとちゃんと載っているのです。

だから留学生時代の私は、『テレーズ・デスケルウ』の舞台を訪れた時、駅も探してみたのです。けれどどうにも見当たらないので、そのへんにいた肉体労働者らしきおじさんを捕まえて訊くと、「駅なんてありゃしないよ。昔は松の材木を運んだ貨車は通ってたけどね、汽車なんか走ったことはないね」と言うんです。だからモーリヤックに僕は騙(だま)されたわけだ。汽車の場面はまるきりのフィクションなんですね。しょうがないから、僕はそれから三日間、歩き続けに歩きました。本数は少ないとはいえ、バスは走っていましたけども、バスに乗るのはイヤだったし、作品の舞台を味わうのは歩いた方がいいやと思って、ずうっと歩いていきました。おかげで、それまで日本で「テレーズ・デケルウ」と呼ばれていた名前が、現地では「テレーズ・デスケルウ」と発音することもわかりました。

しかし問題は、いったいこの小説のどこにキリスト教、あるいは宗教が関わっているのでしょう？

前回申し上げましたように、キリスト教小説、キリスト教小説家なんてものは存在しません。小説家で、キリスト教信者というのがいるだけです。作家はキリスト教を宣伝したり、擁護したり、神を頌(ほ)め歌ったりするためにいるのではない。人間を凝視するのが作家の義務なのだと。特にモーリヤックはこのことを強調している作家です。

ですからモーリヤックは、「この小説でテレーズを、キリスト教徒としては、なんとか救ってやりたいという気持ちがあったけれども、書いているうちに、テレーズがどんどん闇の世界に入ってしまって、最後の結末に至るまで、私は救いというものを彼女に与えることができなかった」という意味のことを語っています。

そののち、これも前回触れたことですが、モーリヤックはこのテレーズをもう一度主人公にして『夜の果て』という小説を書いています。これは、パリで暮らすテレーズが、自分の娘の婚約者に慕われ、テレーズの気持ちもあやしく動くのだけども、結局はまた孤独な生活に入っていってしまう。そのほか、四つの短篇でテレーズを主人公にして書いています。テレーズは故郷の人びとに見捨てられて、パリで孤独に生きており、現実に出会ったらイヤな女かもしれませんが、それでも読む者の心を捕えるし、共感さえしてしまいます。しかしモーリヤックが何回書いても、テレーズへは光明が差してきませんでした。

だけど、この前の発言との重複を恐れず言いますけれども、もし強引にテレーズが神さまに救われたような形で書けば、これは小説家として嘘を書くことになる、とモーリヤックは考えたに違いない。いかなる小説家も、自分の持っているイデオロギー、宗教的イデオロギーや政治的イデオロギーのために、登場人物の内面や行動をゆがめて書くということは決して許されません。自分の都合のいいように、登場人物の自由を侵してはならないのです。

だからモーリヤックはテレーズを救いたくても救えなかった。将棋の駒(こま)を動かすように救いのところへ持っていくということは、小説家としてできなかった。したがって、『テレーズ・デスケルウ』をお読みになっても、救いの部分がどこにあるか、なかなか感じ取れないでしょう。

でも、ちょうど写真のフィルムを現像液に漬けると映像が浮かび上がってくるように、深く読み込むことで彼女の救いの可能性が出てこないか？　私は、モーリヤックはたった二行だけ、その可能性を書いていると思って、前回「その二行を見つけて下さい」と宿題を出しましたね。たった一人の方から「二行はこれではありませんか」という葉書をいただきましたけど、あとの人からは梨(なし)のつぶてでありました。そして、その方の二行は残念ながら、当たっておりませんでした（会場笑）。

テレーズが追い求めたものは

さきほどの話の繰り返しになりますが、この小説はテレーズが汽車に乗って、自分のやったことを反芻(はんすう)していきます。駅から駅へと進むうちに、自分の娘時代から婚約時代、新婚旅行と、こういうことがあって、ああいうことがあって、そしてあの火事の時に夫が毛だらけの大きな手で薬を入れて、私はそれを見ていて、その夜「もう一度だけ」と思ったとか、一つひとつ思い浮かべていく。外はだんだん暗くなり、真っ暗な闇になります。闇の中を汽車だけが音を立てて走り、それも闇の中へと入っていく。

これはネタ本があるのです。ネタ本と言うと語弊があるけど、十六世紀にアビラの聖テレジアという女性がいたんです。アビラというのはスペインの首都マドリッドの北西にある町。その人に『霊魂の城』という本があります。これはテレジアという修道女が、自分が神について、ずうっと考え、黙想し続けて、だんだん神と結合するまでの心の段階を書いていったものです。その段階を第一の城、第二の城、第三の城、第四の城という形式にしています。

つまり汽車が一駅一駅進んでいくように、神について考え続けていって、時には霊魂の暗夜と言って、神を見失ったり、神が遠くに行ってしまったり、もう自信がなくなったりする時期もある。実に強く神を求め続け、心の底の底の底まで行って、とうとう聖テレジアは神を感じる。

モーリヤックがこの『霊魂の城』をネタ本にしているとは誰もまだ指摘していないけど、私は明らかにそうだと思っています。モーリヤックはあれを読み込んで、名前も――フランスだとテレジアはテレーズになりますからね――同じにしたんだと思います。

違いは、『霊魂の城』の聖テレジアはずうっと神に向かって進みます。テレーズの方は闇の中へと入っていく。自分の犯したこと、自分のやったことを思い出しながら進んでいく。そして、自分がやったことが自分でもよくわからない。なぜ、やったのかわからない。

しかし、「なぜ、やったのかわからない」ということまでは、彼女もわかっているわけです。わかろうとするのは、つまりベルナールをわかろうとすることであり、それから自分自身をわかろうとすることですよね。これはつまり、二人がもう一度結び合うことができるか、できないかということでもあります。

それはちょうど、アビラの聖テレジアが、神さまと自分を結び合わそうと、ずうっと追い求めて、悩んだり苦しんだりしたのと同じで、テレーズはベルナールを本当は追い求めているのではないか。もっと踏み込んで言うと、テレーズはベルナールの中にある神さまというものを追い求めているのであって、それは『霊魂の城』におけるアビラの聖テレジアの行為とまったく相似形だと言うことができるのです。

もうこれは私の考えであって、もちろんモーリヤックの創作ノートなんか残っているわけじゃないから証明することはできません。しかしアビラの聖テレジアの『霊魂の城』という本は翻訳もありますので、もしこれと比較されるならば非常に興味深いと思いますよ。

混沌とした心理の中に

小説手法的なことから言いますと、おそらく二〇世紀の小説のベストテンの中にこの小説を入れるに誰もやぶさかではないでしょう。内容的にも、モーリヤックの円熟期の作品としてたいへん面白い。日本の作家にも、とても大きな影響を与えてきました。例えば堀辰雄さんはこの『テレーズ・デスケルウ』を下敷きにして『菜穂子』という小説を書きました。三島由紀夫さんは、あの人のことですから下敷きにしないで、ひっくり返して、『愛の渇き』を書いた。それから中村真一郎さんも『檻』という小説を書いた。私の場合は、『海と毒薬』という小説をやっぱり『テレーズ・デスケルウ』の影響を受けて書いています。

あれ？　時間がなくなってきたな。だから困るんだ、テキストを読んできてくれないと。ああ、そうか。僕は時計を逆さに見ていた（会場笑）。失礼しました、まだ時間はありますね。

テレーズは、先ほど申し上げたように、なぜ夫に劇薬を盛ったのか、自分でも理由がわからないわけです。なぜ、夫が劇薬を適量以上に飲むのを止めなかったのか。なぜ、「もう一度だけ」と思ったのか、その心理がどこから来ているのか、説明がつかない。一応、彼女は「あなたの目の中に不安と好奇心の色をみたかった」と言います。それは確かに当たっているのだけども、一部を言い当てているに過ぎませんよね。明らかに、それが全てではない。

それまでのいろんな小説の書き方では、登場人物はこういう心理だから、ああいうことをしたんだ、となっていました。「彼女は嫉妬のためにハンカチを握りしめた」とかね。心理がはっきりわかったのです。例えばバルザックの『ゴリオ爺さん』を読みますと、ゴリオ爺さんの行動は全て、彼の娘に対する父性愛という心理から来ていると説明できた。

あるいはスタンダールの『赤と黒』ならば、ジュリアン・ソレルという主人公の行動の後ろには、彼の野心、赤つまり軍人になるか、黒すなわち僧侶になるか、当時の出世コース二つに対する野心という心理が裏打ちされていたわけです。

ところが、現実のわれわれが何かの行動をする時、決してただ一つの心理だけで起こしはしませんよね。われわれの心には、いろんな心理が絡み合っていて、その結果、何らかの行動をしますよ。私が女房の頰っぺたを引っ叩くとしても、それは彼女が憎いからやっとるわけでもないし。いや、憎いけども（会場笑）、憎いだけではなくて、憎さのほかの心理がたくさん混じって引っ叩くわけです。この原因はある種の木の根っこみたいに、いろんなものが絡み合い、一緒になっている。それをいちいち分析することは不可能ですよ。

作家も人間を凝視するのが義務であれば、昔の小説みたいに、嫉妬したからピストルを撃ったとか、父性愛でこうしたとか、野心のあまりにそんなことをしたとかって書き方がだんだん不可能になってきた。それがモーリヤックの時代あたりからわかってきたのです。

一つには、ドストエフスキーがフランスに翻訳されて来たということもある。ドストエフスキーの小説をお読みになったことがあれば、すぐおわかりでしょ。男が人を殺した後、教会へ行って敬虔なお祈りをする。そういう矛盾した心理が、平気でそのまま投げ出されています。

それからフロイトみたいな精神分析もモーリヤックの時代から広く知られるようになりまして、人間の心の下に無意識というものがあって、その無意識の中にはハッキリとした形のない、ドロドロしたものがあって、それと人間の行為は結びついているようだとわかってきた。

人間の内面というのは一筋縄では捉(とら)えられないものだと、ドストエフスキーやフロイトやなんかから教えられたモーリヤックは、あるいはモーリヤック以後の小説家は、もう「Aという心理があるからA′という行為をした」という書き方はできなくなっちゃった。

だから、テレーズの行動は夫に言ったように「目の中に不安と好奇心の色をみたかった」からだけではない。私が先ほど言ったように、お餅をお腹いっぱい食べた時みたいに疲れていたからだけではない。夫が常に一＋一は二であり、三＋三は六であるような男だったせいで、心に空虚感を感じたからだけでもない。夫が肉を嚙む時、こめかみが動くのが気になったせいだけではない。それぞれ部分的に当たっているけども、全てじゃない。そういうものが混ぜ合いになって、さらにドロドロしたものが加わっていたのでしょう。とても説明しきれない。そうなると、小説としては、ただ外側の行為だけを書かざるを得ない。この小説の面白さは、肝心のテレーズ・デスケルウにも自分の行為の理由がわからない、という形で書かれている点なのです。

もちろん日本の作家にとどまらず、このモーリヤックの『テレーズ・デスケルウ』

の手法というのは、世界中の作家に影響を与えています。

例えば、みなさんも読んでらっしゃるであろう、アルベール・カミュの『異邦人』という有名な小説。あれで、アラブ人をピストルで撃つところがあるでしょ。あそこ、もういっぺんひっくり返して読んでごらんなさい。撃ったとは書いてないですよ。太陽の光が目に入ってきた。汗が目の中に入った。引き金を引く。外側の行為だけで書いています。それはなぜかと言うと、テレーズ同様、行為の理由を心理では説明できないからです。外側の行為を書くほうが確実なんですね。それが当時、当時と言ってももう二〇世紀ですけども、新しく人間というものを摑み直しためざましい手法でした。堀辰雄さんの『菜穂子』なんか読んでも、この「自分でもなんかわからない衝動」というものを一所懸命書こうとしています。読み比べてごらんなさい。「ああ、堀さん、ここで『テレーズ・デスケルウ』をやろうとしているな、影響受けているな」ということが手に取るようにわかりますから。

そして私から見れば、この人間の――ここではテレーズの――心理の混沌としたところこそ、キリスト教的世界なのです。

一方にテレーズ、もう一方にベルナールという男がいるわけですね。彼は混沌としていないわけです。先ほど言ったように、一＋一は二、二＋二は四、四＋四は八で生きている。これはしたらいけないこと、これはしてはいいこと、と区別ができる。こういうことはキリスト教信者としてやってはいけないとわかるし、実際の生活もそれに則(のっと)って生きている。しかしこの小説を読んでいると、そっちの方に神さまは行くのではなくて、混沌とした方に神さまは入り込むんだというモーリヤックの考え方が見えてきます。

つまりベルナールの方は、いわゆる順応主義的キリスト教道徳と言いますか、モラルと言いますか、嘘をついたらいかんとか、女房を引っ叩いたらいかんとか、結婚した以上、ほかの女と遊んだらいかんとか、そういう世界で生きている。そんなことは本来、キリスト教道徳とは関係ないわけです。そんなところには神さまは入り込んでこないのではないか。むしろ、ひょっとすると、テレーズがまさに「一度だけ」と思って、夫に劇薬を飲ませようとした、その混沌たる心理の中に、神さまは自分の存在を、裏返しで証明しようとしていたと考える方がよいのかもしれない。私の訳で言いますと、テレーズが、「一度だけ気持をさっぱりさせるために……彼を病気にしたのはあれだったかどうか知りたい。一度だけでいい、それでおわりにしよう」と思うくだりです。

しかしテレーズ・デスケルウは、自分の混沌とした中に神さまを見つけることが、まだできなかったわけです。やがて見つけられるでしょうけども、この小説が終わるまでのところでは、まだできなかった。

人はなぜ微笑するか？

テレーズの混沌たる心理ということは、この小説の中で、非常に細かい点まで注意して書かれています。

例えば冒頭、裁判所から出てきます。テレーズは駅へ行くために、用意されていた馬車に乗るわけです。馬車の御者は、誰を乗せるか知っているわけですね。テレーズがどういうことをしたかも知っている。それで、「うちに帰ったら女房に、テレーズってどんな女だったか、どんな顔してたか、報告してやろう」という好奇心をもって、彼女を見るんですね。そうすると、それに気づいたテレーズは微笑するのです。

「ラロック氏の御者のためにテレーズは本能的にあの微笑を唇にうかべた。テレーズがそんな微笑をうかべるたびに人びとはよくいったものである。『あの女は美しいのか、醜いのかわからないが、なんともいえぬ魅力があるんだから……』」

これ、原文は sourire という言葉を使っていまして、ほかの翻訳ですと「笑顔」となっています。手前味噌ですけど、「微笑」の方がいいんじゃないかと私は思います。なぜかというと、例えば私に長い間、悲しいことがあって、つらい思いをしたとして、誰かに「あなた、ほんとにおつらかったでしょうね」とか「私にもわかりますよ」なんて言われたりしたら、内心「わかりっこないよ」と思っても、相手に向かって微笑しますよね。

自分の内面というか、自分の悲しみや苦しみを相手は理解してくれない、理解できないとわかっている時、目の前の相手に対する最後のコミュニケーションは微笑しかないですもんね。だから、この小説の中には「微笑」という言葉が何回も出てくるのです。

小説家が少なくとも三ページ以内に同じ言葉を二度以上使った場合は、よほど粗雑な小説家でないかぎり、意識して使っているはずです。だって、同じ言葉を繰り返すと文章は悪くなるに決まっているんだから、意識して、わざと使っているに決まっています。そういう二度、三度と使っている言葉というのは、チェックした方がいい。読みながら、小説が美味しくなります。小説というのは結局、美味しく味わわなくちゃ損なんだから。

で、『テレーズ・デスケルウ』には「微笑をうかべた」とか「微笑した」という言葉が何回も出てくる。私は読んでいて、なぜだと考えていまして、「あ！そうか」と。これは混沌とした心理と同じように、自分の混沌とした悲しみや苦しみは言葉で他人に説明することはできない。テレーズは自分に対しても説明できない。ただ、つらい。

そういう自分でも説明できないし、相手もある程度まではわかっても最後のところはわかってくれないと思えば、われわれはただ悲しく微笑するより仕方がない。だからテレーズは、悲しく微笑をしていたわけです。「笑顔」では、やっぱりその感じは出てこない。そして、この「微笑」という言葉をあえて何度も使うという点でも、モーリヤックは、人間の心理が非常に混沌としていることを表わそうとしていたのだと伝わってきます。

正直言って、今日は『テレーズ・デスケルウ』の中におけるキリスト教の説明の三分の一ぐらいしかお話しできませんでした。

えーと、時間は？　あと五分ほどありますか。

この小説では、テレーズの目でベルナールという夫を見てますよね。ですから、お読みになると、ついベルナールをテレーズが見たような、アホで滑稽（こっけい）な男だと思ってしまいます。でも今日説明したように、彼はね、普通の男ですよ。フローベールの

『ボヴァリー夫人』にシャルルという夫が出てきます、とっても人のいい、善良な男。しかし、何にも悪いことをしていないのに、ボヴァリー夫人には軽蔑され、浮気される。僕はああいう小説を読むと、ものすごく頭にくるんですよ。男だからですかね、シャルルが可哀そうになって。やはり『テレーズ・デスケルウ』のベルナールにも、僕はものすごく可哀そうになるわけです。どこが悪いんだ（会場笑）。

だから、逆にテレーズを意地悪な目で見ながら読んでいくと、果たせるかな、彼女は夫のいいところがわかっていないのです。モーリヤックはベルナールのいいところを、たった二行ほどだけれど、ちゃんと書いてあるんです。そこが、私が「救いの可能性はどこにあるか」と宿題に出した二行なのです。その夫の良さを彼女が見つけて、わかっていたならば、テレーズは自分の混沌としたものの中に、神の恩寵というか、救いというものもわかったのでしょうけども、いかんせんテレーズにはそこまでの理解ができなかった。意地悪に言えばね（編集部注・その「二行」については本書八七ページ～をご覧ください）。

もう一つ、これは非常に女の心理をよく描いている小説だと言われてきました。しかし、みなさんがお読みになると、特に女の人がお読みになったら、「これは男の目から見た女の心理じゃないか」と感じられるかもしれません。本当はそこを僕、訊きたかったんですよ。「僕は女じゃないからよくわからないが、テレーズはあくまで男性作家の目を通して捉えた女性心理だとは思いませんでしたか」って訊いてみたかった。

いずれにしろ、テレーズは、常識的に言っちゃうと、愛に酔えなかったというかな、醒めた女です。キスしていても薄目を開けて相手を観察するような女の悲劇を書いた小説です。テレーズとは対照的に、キスをすると目を瞑って陶酔してしまうような女と男の悲劇、酔いすぎちゃってダメになる恋人たちを描いたジッドの『狭き門』をいずれこの先、読んでみましょう。

それじゃ、どうもありがとうございました。今度から、ほんとにできるだけ読んできてくださいね。

（於・紀伊國屋ホール／一九七九年二月十六日）

Ⅲ　憐憫（れんびん）という業（ごう）

　これまで二回講演をいたしましたら、みなさまから沢山のお葉書、お手紙を頂きました。一つひとつ御返事を書くことができませんけれども、どの手紙も喜んで下すったり、いろいろ感想をお書き頂いていて、ほんとに有難うございます。

　喋（しゃべ）っていると時間がわからなくなるので、今日は新しい時計を持ってきました。実は一昨日までバンコックに行ってまして、帰りにトランジットで寄った香港の免税店でこの時計を八千円で買ったんですが、鎖も買うと、鎖が一万二千円もして、何だか騙（だま）されたような（会場笑）。しかもこの時計、いくらネジを巻いても三、四十分もするとパッと止まっちゃうんです。だからこの会場の壁にかかっている時計と比較しながら喋ります（会場笑）。

　腕時計って、持っていないんですよ。嵌（は）めると拘束されるような感じがしましてね。ずっと昔、芥川賞（あくたがわしょう）を貰（もら）った時、副賞で時計も頂いたのですが、それもどっかへ行っちやったし。いや、もっとひどい奴（やつ）がいまして、芥川賞の時計を貰ったら、三時間後には質屋へ入れて、僕らと一緒に飲み歩いた男がいた（会場笑）。

　前回はモーリヤックの『テレーズ・デスケルウ』のお話をしました。少し時間が足りなかったのでちょっと整理しておきますと、あの小説は一つ、下敷きにして書いた本があるんじゃないか。その下敷きとはアビラの聖テレジアという人の『霊魂の城』という本ではないか――と言いましたね。

　この下敷きというのは、別に盗作とかそういう意味ではありません。キリスト教の中にはメディテーションとか黙想といって、自分の内奥（ないおう）をずうっと探っていく。やがては神さまに到達する。そんな信仰の形式があります。修道院なんかでよくやっている形式です。

　アビラの聖テレジアは、自分が神というものを黙想していった過程を、『霊魂の城』という本に書いた。その過程では、神さまのほうへ向かって上昇するだけではなくて、時には神さまから引き離されて、絶望感や孤独感にも陥ったと。これを彼女は「霊魂の暗夜」と呼んでいます。『テレーズ・デスケルウ』では、まさに暗夜の中へ、テレーズが自分の過去を思い出しながら汽車に乗って進んでいく。この小説の構成は、キリスト教における黙想という形式を取り入れたのではないでしょうか。これはいかなる批評家も書いていませんので、私一人の考えかもしれませんけど、この考えに私は多少自信があります。

その霊魂の暗夜と言いますか、心の暗夜の中へテレーズは入っていきます。この暗夜というのは文字通り非常に暗い夜でして、モノはみな、定かには見えない、ハッキリと見分けがつかない。テレーズもまた自分が過去に引き起こした事件について、どうしてそういうことをしたのか、そのとき何を思っていたのか、いつもと違うことを感じていたのか、自分の心が見分けがたいわけであります。彼女にも見分けがたいし、他人にも見分けがたい。劇薬を盛られた夫にはなおさら、彼女がなぜそんなことをしたか、見当もつかない。しかし、これは人間というものが、そもそも一つの心理だけで行動するのではなく、いろんな心理が重なり合って一つの行動をとるからではないか。

前回の繰り返しになりますが、大切なところですからもう一度言っております。それまでの小説というものは、「一つの心理に対して、一つの行為がなされる」という書き方をしてきた。バルザックの『ゴリオ爺さん』なら父性愛という心理によって、彼のしている行為はすべて説明がつく。スタンダールの『赤と黒』ならば、ジュリアン・ソレルの野心で彼の行動はすべて説明がつく。

しかし、二〇世紀に入って、人間の心理や内面というものは、そんなに単純なものではないことがわかってきた。いろんな心理、自分が気づいてもいない無意識も含めて盤根錯節、木の根っこのように絡み合って、ようやく一つの行為に現れるということが、例えばドストエフスキーの小説とかフロイトの精神分析学というものによって明らかになってきた。モーリヤックはそういう人間の無意識の世界を、テレーズ・デスケルウの内側に探ろうとしている。だから、テレーズ自身も、自分がなぜあんな行為をやったかということがわからないでいる。

普通の小説ですと、私は恋愛の挙句に嫉妬をしたから花瓶を投げつけた、といった書き方をします。あるいは嫉妬心なら嫉妬心という心理を、陸上の選手が走り高跳びをするのを高速度撮影するような形で、手に取ってわかるように細かく鋭利に分析して書く小説がフランス文学には伝統的にありました。例えばラディゲの『ドルジェル伯の舞踏会』、もっと古典的なものだとラ・ファイエット夫人の『クレーヴの奥方』といった心理小説があった。しかしモーリヤックは心理を分析していくのではなく、むしろ分析しない形で、主人公を放り出すことによって、かえってテレーズを生身の人間として書こうと試みたのだと思います。

心理は分析できるでしょう。しかし、内面の暗夜の中へ入っていけばいくほど、つまり表面的な心理の奥へ降りていって無意識になると、もう分析ができない。さらに心理や無意識の向こうに、キリスト教でいう魂の世界というものがあるならば、これはさらに混沌として、われわれには分析不可能でしょう。

ちょうどアビラの聖テレジアが『霊魂の城』の中で、神さまの世界に入ろうとしたのと同じように、テレーズは自分の過去を黙想していって、無意識のトバ口のところまで辿り着くけれども、結局自分のやった行為の理由がわからなかったのと同じように、神さまが自分の心のどこに滑り込んでくるかということは、ついにテレーズには、あの小説の中ではわからないままだったと思います。

ともあれ、この小説は、それまでの心理小説とか、ある心理の故に動く人物を追っていく従来通りの小説とは違う人間の捉え方をして、新しい二〇世紀の小説となり、「二〇世紀の小説のベストテンに入る」と、批評家たちがこぞって言うような評価も受けました。その上で私が思うのは、そういう小説の方法の面白さ、新しさだけではなくて、人間の無意識の中へ神さまが滑り込む余地を見ている点で、『テレーズ・デスケルウ』は本当の意味でのキリスト教小説だと呼べるのではないか、ということです。

救いの可能性

宿題を出していましたね。テレーズに神さまが滑り込む余地があるとしたら、いったいどこだろうか。テレーズに救いの可能性があるとしたら、どこにモーリヤックは書きこんでいるか。あの長篇小説の中で、たった二行だけ書かれているけども、どこだろうかと。

頂戴（ちょうだい）したお手紙の中にはいろいろ、「ここの行じゃありませんか」「この二行ではないでしょうか」なんていう回答も書かれていて、私は何とも言えず、こそばゆいような、背中にノミを這（は）わせてジッと我慢しているような、ある快感がありました。しかし、私の痒いところをうまく掻（か）いて下さらなかった感じがしました。私の痒（かゆ）いところは、ホントはあんまり人に言いたくないんです。言うと何だか飯の食い上げになるような感じがして、ホントに言いたくはないのですが、特に今日お集まりの方には申し上げましょう（会場笑）。

読んだ方は覚えてらっしゃるでしょう、テレーズとベルナール夫婦が住んでいるサン＝クレールの町に、みんなからバカにされている司祭がいましたね。復活祭の前、四旬節ですか、聖体降福式というのがありまして、よく映画なんかでご覧になるでしょうけど、司祭が先頭に立ち、町のみんなが行列をつくって教会まで歩いていく、聖体行列の儀式みたいなものがあるわけです。その場面が書かれています。町の人たちはその司祭を軽蔑（けいべつ）していますし、人によっては嫌っていますので、誰一人として行列に加わる者がいない。ただ、ベルナールだけが、司祭の後ろからついていく場面があります。

テレーズはそれを家の中、鎧戸（よろいど）の陰から見ています。テレーズから見ると、前回もご説明したように、ベルナールというのは一＋一は二、二＋二は四、四＋四は八という男です。これはしたらいいこと、これはしたらいけないこと、はっきり区別するような男です。パリへ新婚旅行に行っても、ルーブル美術館でガイドブックに載っている絵をパァーと走って見にいくような男です。「モナリザ」だったら走っていくが、そのほかは見ないという、実に私とよく似ている男。それはそうですよ、ルーブルなんて全部見ていたら、足は疲れるし、頭は混乱しますよ。ベルナールは正しいんです。

テレーズは、司祭の後を一人だけついていくベルナールを見た時も、夫はキリスト教徒としての義務を遂行しているんだと思うわけ。キリスト教徒というより、日曜には教会に行って、それから何をしてはよくて、こういうことはしてはいけなくて、という順応主義の道徳を、あるいは順応主義の信者としての務めをベルナールはその日もやっているんだ、ああ、俗物だというふうにしか思えないんです。テレーズは、司祭が「目をほとんど閉じたまま両手に奇妙なものを捧げて歩く」のをこっそり見ています。そして、この箇所こそがノミの嚙んだ私の痒いところでありまして、

「司祭の唇がふるえていた。だれにむかって彼は苦し気なようすで話しかけていたのか？　そしてそのすぐうしろに『義務を遂行している』ベルナールがいた。」


　ここが宿題の答の二行です。

テレーズはベルナールの良さ、つまり、町のほかの人がついていかなかったにもかかわらず、彼だけが汗を流しながら神父のあとをついていく、そういうベルナールの良さを、ついに理解することができなかった。

ベルナールは義務を遂行しているだけなのかもしれないけれども、ほかの人が誰一人としてついていかない、みんなから軽蔑されている神父の後ろをついていくベルナールを、テレーズが認められなかったというところに、彼女の悲劇があるわけです。むしろ、テレーズこそが彼女が嫌った田舎町特有の俗物的な固定観念で夫を眺めていたと言えるかもしれません。

もし、彼女にそのベルナールの良さがわかったならば、ベルナールとの結婚生活を

持続できただろうと私は思うんです。この少し後、夏の暑さの中で火事が起き、ベルナールはうっかり薬の量を間違え、テレーズはそれを眺めて——という具合に二人の関係は進みます。

テレーズはいろんなものが見える目を持っているんです。だから、すべてのことに酔えない。ベルナールにも陶酔しないで、すべてを見抜いたと思っている。でも、今あげた二行の部分の夫にいつもとは別の姿を見ることができていたなら、彼女は別の方向に行ける可能性があったんじゃないか。それが私の考えです。テレーズは人間を見る目はある程度はあったけれど、本当の奥までは見抜けなかった。だから孤独になったんだと私は考えます。

それから、これは私の考えではありませんけれども、フランスの女流の批評家でクロード＝エドモンド・マニーという博覧強記の人がいまして、「テレーズ・デスケルウの中には寝そべる快楽がある」と書いています。寝そべる喜びって何かと言うと、まず人生に対して受け身的であると。そして彼女が夫と別居して一人ぼっちの生活を送らなければならなくなっても、タバコを何本も吹かして、パリから来た本を読んだりしながら、絶えずベッドに寝ていると。その場面を引用しながら、テレーズにとって必要なのは寝床から立ちあがって、とにかく歩くことだと論じていきます。そのことをテレーズは決してしない、パリでの自分の生活を夢想したりして、寝くちゃれた喜びに——あれ、「寝くちゃれる」なんて言葉はないのかな（会場笑）。でも、実感がありますでしょ？　その寝くちゃれる喜びからとにかく立ちあがって歩き始めたならば、彼女の別の人生が開けただろう、とクロード＝エドモンド・マニーは指摘しています。

ただし、これはちょっと考えておかないといけないのは、マニーがそんな批評を書いた頃は、ちょうどフランスの文壇がサルトルなんかの謂う「参加の文学」とか、社会的な参画とか行動などを重視していた時代でしたから、テレーズの寝くちゃれる喜び、行動しないで、ただ横たわっている快楽を批判したのはそんな時代背景があったのかもしれません。

冷ややかにもあらず、熱きにもあらず

もう一つ、私がテレーズの行動について思うのは、さっきも触れた順応主義のキリスト教社会の中で、だんだんだんだん窒息しそうになって、その息苦しさからどうにか抜け出したい、何か生き抜いていく力を見つけたいという衝動があって、それが夫

に対して劇薬を盛るという行為になったのかもしれません。かもしれませんというのは、われわれ読者にとっても、テレーズがあんなことをした心理を、一つの心理だけに片づけることができないからです。しかし、ある衝動がなければ、彼女はいわゆる順応主義のキリスト教社会に安住して、日曜日には教会へ行く、あるいは結婚式には教会に行くとかいった、偽善的な順応主義的道徳を守るだけで、本当の意味では神さまからどんどん離れていったでしょう。彼女の衝動は、夫を毒殺しようという行為になって現れてしまい、その行為によって彼女は孤独になりますが、また、その衝動を持ったことによって、神に一歩、近づいたに違いないのです。

人生に満ち足りて、この世の中は一+一は二であり、二+二は四である。これはしたらいい、これはしたらいけないと区別できるような、最も本当のキリスト教から離れている世界に生きるよりは、そこから抜け出たいという衝動を持った方がいい。テレーズの衝動が何を目指しているのか、彼女自身にもわからない。しかし、おそらく神さまからすれば、私に一歩、近づいてきているんだと。聖書の中に、「汝(なんじ)は冷ややかにもあらず、熱きにもあらず。我れはむしろ汝が冷ややかならんか、熱からんかを願う。かく熱きにもあらず、冷ややかにもあらず、ただ微温(ぬる)きがゆえに、我れは汝を我が口から吐き出さん」という神の言葉があります。テレーズはなまぬるさから出て、熱い状態に一歩踏み出したのだ、と言える。

そういう意味で、この小説はやっぱりキリスト教小説だと思います。つまり、神に近づいた部分、あるいは神が滑り込んだ部分を書いたわけですから。つまり、この夫に対してああいう気持ちを持った。それは社会的には否定されることかもしれませんが、神は人間のどんな部分に滑り込んでくるかわからない。神が滑り込んでこない部分は、人間のなまぬるい部分なのであって、冷たい部分か熱い部分に入ってくるのが神なのです。

罪びとこそが本質を知る

これからお話しするグレアム・グリーンの『事件の核心』についても同じことが言えると思います。

率直に言いまして、モーリヤックの『テレーズ・デスケルウ』に比べますと、『事件の核心』には小説的な技法の面白さはあまりありません。いや、私が言っているんじゃないですよ。私は「グレアム・グリーンは小説が巧いなあ」と思う時がある。特に映画的な描写とか、伏線の張り方とか、イギリス小説の持っている小説の旨みみたいなものを感じます。

ただ、フランスの小説家にとっては、この小説は別に巧いって感じがしないようなのです。モーリヤックは、グリーンの『権力と栄光』や『事件の核心』を読んで、「内容については感心したけれども、技術的には何の感心もしない」という意味のことを言っています。しかも、それをグリーンの本のフランス語版の序文に書いてある。いくら相手が年長の優れた作家であるモーリヤックでも、やっぱりグリーンとしてはあまりいい気はしなかったでしょうね。

でも、僕はグリーンを巧いと思っているんですよ。おそらく僕はモーリヤックよりもヘタな作家だけども、モーリヤックがヘタだというグレアム・グリーンよりもさらにヘタだからね。Aクラス、Bクラス、Cクラスと作家のランクがあるとして、CクラスのLoremにとってはBクラスの作家は巧いと思いますからね。Aクラスの作家にとっては、Bクラスはヘタなんでしょう。もしモーリヤックが僕の小説を読んだら、序文なんて書く気も起きずに、もう放り出したでしょうね（会場笑）。

この小説の原題は"The Heart of the Matter"ですが、これを亡くなられた伊藤整さんが『事件の核心』というふうに訳された。僕は英語をよく知らないけど、この訳はおそらく間違いだろうと思います。本当は「ものの本質」とか「ものの中心」「ものの根本」などと訳する方がいいようです。「事件の核心」と訳するとスリラー小説の題みたいになりますけども、もっと宗教的な意味があるタイトルなんです。

では、「ものの本質」はいったい何なのかというと、ちょっとわかりにくい。しかし、この小説をずっと読んでいくと、何度か「ものの本質」という言葉が出てきます。そこから類推しますと、「ものの本質」とは〈神さまをいちばんわかるのは、聖人を除くと、罪びとだ〉ということなのです。これは、実はこの小説のエピグラフとして引用されているシャルル・ペギーの文章も同じことを言っているのですが、とにかく小説をお読みになったら意味がおわかりになりますよ。

良いこともできず、悪いこともできないような奴には、神さまがわからない。そんな奴がいたら、神さまだってどこかへ行ってしまう。つまり悪い奴というか、罪びとほど、神さまのことがわかる。逆に言えば、神さまを知るには、罪びとを知らないといけない。その意味で、罪びとは世界の中心であり、本質なのだと。つまり、タイトルになっている「ものの本質」「ものの中心」とは、罪びとを指していると解釈していいのではないでしょうか。

こういう考え方は、モーリヤックにもありました。モーリヤックは、われわれ人間の愛欲を非常によく書くのです。愛欲というのは、単に性欲だけではありません。テレーズだって、一つの愛欲を持っていたんですよね。モーリヤックは、愛欲とはいつか神さまへと至れる道だという考えを持っているんです。

なぜかというと、われわれはどんな人間でも誰かに愛欲を持ちます。そして、決して満ち足りないと思うわけです。もっと欲しい、もっと欲しい、もっと欲しいとなる。例えば相手の女性に対して、もっとその人と結び合いたい、もっと結びつきたいと思います。満足できない。

だから極端な形になると、サルトルなどが言ったように、愛欲というのは相手を所有しようとする気持ちだとなる。そうすると、例えば洋服などは社会的なものですから、相手の本当の姿が欲しいから、着ている物を脱がして、社会を剝ぎ取った裸の相手を欲しがります。しかし、裸の相手を所有しても、まだ相手を所有したという気持ちになれない。そこで例えばサディズムとか、マゾヒズムなどが起きる。相手をものにしようとする、あるいは相手のものになろうとする。サルトルなどはそんな論議をしています。

モーリヤックはそこまでは言わないけれども、愛欲とは、人間が無限に欲しがるものなのだと。それを満たしてくれるのは、決して女でもなければ男でもない。おそらくは絶対者を欲しがる気持ちが、愛欲の中に表われているのではないかと指摘しています。

さらに、人間の愛欲の中には自己放棄の気持ちが含まれていると。自分が好きな相手のために、家も財産も社会的名誉も何もかも放り出して、女のために飛び込んでいこうとする、その愛欲の中には自己放棄や自己犠牲という欲望がある。

そしてキリスト教の考えでは、神は無限に求められる対象です。同時に、神に対して自己放棄をすることが信仰の表われになります。宗教の場合、そこまでするのは努力が必要になるけども、人間の愛欲という本能の中には、労せずして、そんな二つのものが隠れているじゃないか。つまり聖人が神に対して志向する姿勢は、ごく普通の人間が例えば異性に対して抱く愛欲と相似形になっている。

ですから、愛欲をわれわれに与えることによって、神がおのれの存在を示しているんだというのがモーリヤックの考え方です。別な言い方をすると、いかなるものも——われわれが悪とか罪と呼ぶものでさえ——、神が利用しないものはない、という考えがキリスト教作家の中にはあるわけです。とりわけ、二〇世紀のキリスト教作家の中に色濃くあります。

一回目の講演の際に言いましたが、もしキリスト教作家というものがいるとしたら、彼あるいは彼女は人間の美しい部分、清らかなもの、そんなものをだけを書くのではない。人間の汚れた部分、ドロドロした部分、目を背けたい部分、そういうものを普通の小説家と同じように書く。しかし、普通の小説家と違うところは、その作品の中で、悪や罪に陥った人間を孤独に置き去りにはしない。そこを突破して、アウフヘーベンして、より絶対者へと向かう志向を、人間のドロドロしたものの中から見つけることが、キリスト教作家の一つの仕事となるのです。いかなる罪の中にも神さまを志向する気持ちが含まれており、ひょっとすると、いかなる罪の中にも神さまが当の人間を手元に引き寄せようとする罠が仕組まれているかもしれない。それはわれわれになかなかわからないけども、作家がその罠の一部分だけでも小説に書くことができたならば、それはキリスト教小説と呼びうるわけです。

テレーズは夫を殺そうとした。死ぬかもしれないことを承知で、夫に毒を飲ませようとした彼女の中には、ひょっとしたら、神さまに求めるものを、ベルナールに求めようとしていた部分があったのかもしれない。汽車の中で、魂の暗夜の中で、テレーズはベルナールのこと、自分がベルナールにしたことをずっと考え続けますが、あれはベルナールではなくて、そう名付けられてないけども神さまのことを考えていたかもしれない。テレーズはベルナールからはついに満たされませんでしたが、アビラの聖テレジアと同じように神さまを求めていたのかもしれない。モーリヤックはそのへんをかなり意識して書いていると思います。汚れた、罪深い部分でも、人は神を求めるし、神はそんな部分にあえて潜んでいる、そんな人間にこそ近づいていく。

そして、グレアム・グリーンが「聖人を除けば、罪びとこそがものの本質である」と言い切るのは、汚れた人間の行為、罪を犯す人間の心に対して、神が応えるのでなければ、それは本当の宗教じゃないという気持ちがあったのでしょう。

これはもちろん、グレアム・グリーンにだってそんな確信があったわけじゃないと思う。ただ、神は罪びとに応えてくれるだろうという希望をかすかに持っていたのでしょう。「本当の信仰というのは、はっきり言えば九九％の疑いと一％の希望だ」とジョルジュ・ベルナノスが書いています。私もその通りだと思う。

もし全てに確信があったら、テレーズ・デスケルウの夫ベルナールと同じように、目がトローンとして、不安のない、なまぬるい生活を送るだけです。そんなもの、神さまは望んでいやしません。神さまはわれわれに安心立命だとかを絶対に与えやしません。ニコニコ父さんみたいな顔をして、安心立命して、自分の人生に満足して生きていきたければ、そうやって生きられる世界はいくらでもあるんだから、そっちに行った方がいい。モーリヤックやグレアム・グリーンやベルナノスはそう考えていると思います。

憐れみと愛と

グリーンが一九四八年に発表した『事件の核心』、つまり「ものの本質」という小説は非常に有名ですので、以前からお読みになっていた方もいらっしゃるでしょうし、まして前回、再三再四怒ったふりをしながら、「テキストを読んできて下さい」と申し上げたので、読んで来られたと思います。

アフリカの西海岸にあるイギリスの植民地にスコービーという警察副署長がいまして、彼には長いあいだ連れ添った女房ルイーズがいます。この女房がカトリックで、スコービーはプロテスタントだったんですが、結婚する時に彼もカトリックになります。

ついでながら言いますと、グレアム・グリーンもイングランド国教徒だったのが、奥さんがカトリックだったためにカトリックになった人です。娘が生まれましたが、やがてこの奥さんとグレアム・グリーンは別居しています。『事件の核心』のスコービーの結婚生活には、作者自身の結婚生活のいろんな悩みが投影されている。もちろん直接に書くわけではありませんが、実際の苦い経験がかなり放り込まれているのではないかと思います。

スコービーとルイーズの間にキャサリンという娘ができましたが、これはグリーン夫妻の場合と違って、その娘は幼い時に死んじゃうんです。そんなこともあったせいで、ルイーズはだんだん夫に満ち足りなくなっている。一方、スコービーも妻に対して不思議な責任感を感じながら、愛しているとは言えない状態になっている。ましてアフリカ西海岸の植民地に来て、ルイーズは体質的にも暑く湿気のある土地を受け入れられないために、夫婦の間に心理的な違和感、溝が生じている状態からこの小説は始まります。

いま申し上げた「不思議な責任感」とはどんなことかと言いますと、スコービーは妻のそんな状態を、夫である自分の責任だし、彼女が可哀そうだと思っているんです。つまり、妻に対して憐憫の情を抱いている。彼女と別居しても、憐憫の情、憐れみの心をスコービーはずっと持ったままです。

カトリックは離婚できませんが、別居はできますからね。離婚できないどころか、天国でもまた一緒になるんですって。イヤですね（会場笑）。私はもうそれを考えただけでもゾクッとしてきて、だから地獄は行きたくないけど、天国にも行きたくないなと（会場笑）。

別居といっても、スコービーは妻があんまり不幸せそうで、また体も弱いので、妻の希望するとおり、南アフリカに一人で転地させることにしたんです。しかし、その転地にお金が必要だったりして、スコービーは警察副署長として当然しなくちゃいけない義務を少しずつ果たさなくなっていく。

例えば、密輸商人の男からお金を借りる。あるいは、ある船の船長を摘発しなければならないのに、その船長が娘に宛てて書いた愛情溢れる手紙を偶然読んで、思わずスコービーは妻に対しての憐憫と同じように、その船長にも憐憫をかけてしまい、摘発を見逃したりもします。彼は、不幸な人や窮地にある人に対して、憐れみを持つというか、自分も一緒に哀しくなる人なのでしょう。

物語の筋は非常に複雑ですから、全てをかいつまんでは言いませんが、妻が転地して、スコービーが一人暮らしを始めてから、船が難破して、そのせいで夫を亡くした人妻ヘレンと知り合います。ヘレンはまだ十九歳の、少女っぽさを残した人妻です。

スコービーはまた、ヘレンが担ぎ込まれた病院の隣りのベッドで苦しんでいる女の子も見るのです。彼は娘を喪っていますから、やはり親を亡くしているその子に対して憐憫の情を起こし、「この子に平安を与えたまえ。私の平安を永遠に奪いたまおうとも、この子に平安を与えたまえ」（小田島雄志訳／ハヤカワepi文庫）というお祈りをします。「お父さん……」とうわごとを言う彼女のために、父親のふりをしてウサギの影法師を作ってあげたりしますが、彼女は息を引き取ります。十九歳の少女じみた人妻ヘレンにも、憐れみから、最初はまるで父親みたいに彼女の運命を気づかって一所懸命保護してやろうとするのですが、いつかその父親的な心情が変化して、ついに彼女と姦通してしまいます。

　姦通してしまった直後に、妻のルイーズが転地先から帰ってきます。女のことですから、夫の秘密をたちまち疑い始めて、夫を試すために、日曜日に教会のミサへ連れて行く。ミサでは、信者は聖体と呼ばれるパンを口に飲み込むんです。聖体はキリストが宿ったものと考えられており、この薄いパンは噛んで食べたらいけなくて、飲み込むわけ。しかも、これは罪の告解をしなかったら飲み込んではいけないものなのです。ですから、姦通とか、自分を裏切ったことをしていたら、夫はそれを食べられない、口に入れられないはずだと妻は考えている。告解の秘蹟を受けずに罪をもったまま聖体を受けるのは瀆聖罪という大罪ですからね。そして、スコービーは自分が罪を犯しており、聖体を受ける資格はないと知りながら、パンを口に入れる。

　これは日本人にはちょっとわかりかねる感覚ですね。今はもう、教会でも、罪がありながら聖体を受けることをあんまり問題にしません。けれど、今から十年ぐらい前までは、聖体を受けるにはまず罪の告解をしなくてはいけないと、教会は厳格に言っていました。

しかしスコービーは、今度は神さまにも憐憫を持つことになるのです。私みたいな男がいるために、あなたがずっと苦しまなくちゃいけない。それが私には本当にたまらない。もう、私のことはほっといて下さい。私の救いのことなんか、もう考えないで下さい、そうすればあなたはずっと楽になられますと。人間が罪を犯せば犯すほど、キリストが苦しむという感覚が、キリスト教信者の中にはありますからね。だから、私のことはほっといて下さい、私は永遠の地獄に落ちていいからと、スコービーはキリスト教で禁じられている自殺を準備し始めるわけです。

この小説のクライマックスの場面は、その自殺の時のキリストとの対話なのですが、キリストが「死なないでくれ」と説得してきます。二人の女のうち、どっちかを選んだらいいじゃないかと。家に帰って、妻にさよならを言って、少女じみた愛人と暮らしたっていい。どっちかを選んだら、選ばれなかった女は苦しむだろうが、私を信用して任せてくれるなら、できるだけ苦しまないようにするから、お前は死なないでほしいということを、キリストが彼に一所懸命言うのです。遅かれ早かれ、いつかは私のところへ戻ってくるのだから今のままでいいじゃないか。人間、誰しも寿命があるのだから、死ぬ時は死ぬんだから、それでいいじゃないかと神が言うわけですね。けれどスコービーは、いや、もうこれ以上あなたを苦しめたくない。私の罪であなたがまた重い十字架を背負うのは、もう耐えられない、許してくれと。あなたが可哀そうなんだと言って、彼は睡眠剤を大量に飲んで死んでしまいます。

彼の死後、妻のルイーズは敬虔（けいけん）なキリスト教徒ですから、夫の自殺を地獄に堕（お）ちるようなものだと神父に言うのですが、神父は「彼ほど神を愛していた人間はいないよ」と答えます。

こうやって私が紹介すると、とてもアーメン臭い話に聞こえるかもしれませんが、しかし小説としては、モーリヤックはヘタだと思ったようですけど、私は技術的に巧いと思うし、とにかく読んで飽きない面白い小説だと思います。

業の中に潜む救いの可能性

先ほど、こういうことを申し上げました。神さまは、どこから忍び込んでくるかわからない。そして神さまは、われわれの犯している悪をも利用して、われわれを捕まえようとする。ですから、いかなる罪の中にも救いの可能性があるし、ひょっとしたら、むしろ罪の中にこそ救いがあるのかもしれないと。

テレーズ・デスケルウの場合は、神への罪というのではなく——罪という言葉はよしましょう。業、と呼びましょう。テレーズの業は、あの非情な、全てを見通すような目でした。つまり、キスをしている時に、こっそり相手の顔を盗み見るような目です。夫の一+一は二、二+二は四という性質、何も不安のないようなまぬるい生活態度を見抜いてしまう目です。

このスコービーの業は憐憫、憐れみの心です。妻のルイーズが不幸せな顔をしていても、その全てがスコービーの責任ではないと思いますよ。娘を亡くしたといっても、別にスコービーが殺したわけじゃない。それからアフリカの西海岸に住まなくちゃいけなくなって申し訳ないといっても、そんなこと言っていたら、日本の商社の奥さんなんか、みんな不幸になっちゃいますよ。私だったら、そんな女房がいたら、「何を不満ばかり言うとるか、そんなイヤなら、とっとと出ていけ」と言うでしょうけど、スコービーはそう言わない。言わないだけでも立派な男ですよ。

しかし、スコービーは妻に対して、不幸せにした、幸せにしてやれなかったと、憐れみの気持ちを持つわけです。もう、愛は薄れてしまったかもしれない。しかし憐憫の情はある。

船長が何か隠しているということを知っていても、彼が娘に書いた手紙を読むと、もう摘発することはできなくなるような気持ち。病気の子どもが苦しそうになると、もうたまらなくなって、私の平安は永遠になくていいから、神さま、この子に平和を与えてやって下さいと祈る気持ち。最後には、神さまに対しても「これ以上、自分の罪深さのせいで苦しめたくない」と思うような、持って生まれたというか、彼が常に持っている憐れみの気持ちこそがスコービーの業なんです。

人生を抱きしめなくてはいけない

この『事件の核心』――やはり「ものの本質」などの題の方が合っているとお思いになりませんでしたか?――にはグレアム・グリーンが自分の結婚生活の悩みをずいぶん放り込んでいるのではないかと言いました。妻と別居しなくてはならなくなった、その心理過程などが投影されているように思うのです。と言いますのは、スコービーの持つような憐れみの気持ちは、グレアム・グリーンのいくつもの小説の中にさまざまな形で出てくるのです。

グリーンには戦時中のロンドンを舞台にナチスのスパイなどが出てくる『恐怖省』というエンターテインメントの小説があります。この主人公は子どもの時、ネズミが犬にもてあそばれ、なぶり殺しにされようとしているのを見ます。そのネズミのひどい苦しみを憐れんで、少年はバットでネズミを殺しちゃうんです。あんまり苦しそうだったから、少しでも早く苦痛から救ってやろうとしたわけですね。お母さんや乳母など周りの大人たちは、虫も殺せそうもない少年がなぜそんな残酷なことをしたのか、ビックリするんですが、彼はものすごく苦しんでいるネズミを見るに耐えなかったんです。

やがて彼は結婚しますが、女房が苦痛を伴う病気に冒されます。病状ははかばかしくなく、不治を宣告される。彼女は死にたがっている。彼の顔を見るたびに、「死にたい」——なんて書いてないですよ、さすがにグリーンはBクラスだから。私はCクラスですから、私の小説なら「死にたい、死にたい」って書くだろうけど。今日はCクラスの説明で聞いて下さいね。毎日のように「死にたい、死にたい」と訴えてくるのが可哀そうで、生きていても何の希望もない妻のために、憐れみの気持ちで毒を買ってくるんです。

『事件の核心』の場合も、スコービーは憐憫の業のせいで、警察副署長としての義務も怠り、賄賂もついに取ってしまい、十九歳の人妻と姦通し、妻を裏切ってしまう。そして、自殺という、キリスト教の中で最大の罪の一つかもしれない罪を犯すことになる。

私の考えでは、絶望が最大の罪だと思っています。私の友人の神父なんて、「絶望以外の罪はないよ」とまで言っています。つまり自分の救いに対してまったく希望を失うこと以外に、罪というものはないと。自分の救いに対してまったく絶望した状態が地獄ですから、それ以外に許されない罪なんてないんだって、その神父は言っていました。

それはともかく、一応、自殺は禁じられています。なぜかと言うと、イエスは十字架をずっと背負ったまま、死んでいったじゃないかと。イエスは人生の十字架を背負ったら、決して途中で放り出さなかったじゃないかと。

つまり、重たい十字架を人生そのものだと考えるわけです。人生というのは、決して嬉しいものでも、楽しいものでも、魅力あるものでも、美しいものでもなくて、実にいやらしいものでしょ？　みなさんもいろんな経験されておわかりでしょうけども、人生は汚らしいし、目を背けたくなるところがある。しかし決して、放り投げちゃいかんのだと。最後まで味わい尽くせと。それがやはり「イエスに倣いて」であり、それが人生なんだ、というのがキリスト教の根本概念であります。自殺は、人生に対する愛情がないという考えに立っている。

どんな女房でも、ろくでもないし、あんまり美しくもなく、魅力もないんです。にもかかわらず、これを決して捨てたらいけないと、離婚を禁じているでしょ。これ、キリスト教会がそう言っている。私の女房は美しいし、魅力があるけどさ（会場笑）。だから、離婚と自殺が禁止されているのは、そこには愛がないからです。魅力あるもの、美しいものなどに惹(ひ)かれるのは情熱であって、愛じゃないと。しかし魅力のないもの、色褪(あ)せたもの、つらいものを、なお捨てないということが愛だ、というのがキリスト教の考え方です。だから、本当に人生って、オデキみたいなものですね。オデキみたいな人生だから、愛さないといけない、大切に味わわないといけない。あるいは、オデキみたいな女房だからこそ（会場笑）、捨てたらいけない。

例えば、『ボヴァリー夫人』などで有名なフローベールの短い小説に、こういうものがあります。冬の寒い夜、ある聖人が歩いていたら、体中にデキモノができている物乞(ものご)いが道端に寝ていて、「寒い、寒い」と訴えて、聖人に「あなたの着ているマントをくれ」と言うから、マントをあげたんです。そしたら、「まだ寒いから服をくれ」と言うので、着ていた衣服をやった。それでも「寒いから下着もくれ」と言う。聖人は下着も脱いで、裸になった。物乞いはなおも「まだ寒いから、私の体の上を抱いて、お前の体で温めてくれ」と言うから、その聖人はデキモノだらけの体の上に乗って、一所懸命抱いてあげると、「もっと強く抱きしめてくれ」。それで、強く強く抱きしめていると、やがて光芒燦然(こうぼうさんぜん)たるイエス様になりましたという話なわけ。

私は大学の時、これを読まされて、「くっだらない小説！　日本でも光明皇后でこういう話があったわいな」と思った。奈良時代の光明皇后に似たような話があるんですよ。フローベールもくだらない話を書くなあと学生時代は思っていたけど、この年齢になると……この年齢って、もうちょっと早くからだな。ああ、俺は読み方、間違っていたなと気づいた。デキモノだらけの体というのは、具体的に何病とかじゃなくて、人生そのものだと考えれば良かったんだね。

つまり、人生というものを、ずっと抱きしめろと。どんなに汚くても、途中で放棄したらいけない。この短篇小説は「汚くて、寒くて、つらくて、面倒でも、それをずうっと抱きしめて、もっともっと抱きしめたら、やがて、人生が光芒燦然たるものになる。そうなるまで、抱きしめていろ」と言っているわけで、これはやっぱり日本の小説家には書けないでしょう。キリスト教感覚というものを植えつけられているフローベールだから書けた。フローベールは別にキリスト教作家とは呼ばれていないけれども、やはりキリスト教文化の中で暮らしているから書けたのでしょう。自殺を禁じているキリスト教は、デキモノだらけの薄汚れた人生を途中で放棄したらいけないと、自殺を禁じている。その自殺をスコービーはやってしまいます。しかも、それは彼の業であった憐憫の情のために自殺してしまう。ちょうどテレーズが彼女の業であった非情の目、何にも酔えない、何もかも見てしまうという目のために、夫に毒を盛ったように。この二人の書き方は非常によく似ていますね。

書き方がよく似ているということは、モーリヤックとグリーンというこの二人のキリスト教作家も似ているところがある。業というか、自分のどうにもならないような衝動によって、われわれは罪を犯していきますが、そこで神さまが語りかけてくるのです。業なり罪なりの中にこそ、神さまが張り巡らせた罠があるという気持ちを、この二人のキリスト教作家は持っているのだと思います。

言い換えれば、この人生において無駄なものは一つもないんだと。全てのものには、神さまの罠が張り巡らされているのだからと。そして、その視点から『事件の核心』を読みますと、モーリヤックがグリーンをヘタクソと言った気持ちもよく……。

あれ？　もう時間になっちゃった（会場笑）。あと五、六分いいですか？

「ものの中心」というタイトル通り、スコービーが中心に立たされています。この小説世界では彼の家族、彼の人間関係は実にうまく、ある意味で作者に都合良く動いていきます。ですから、この小説は技術的にいうとヘタだと、モーリヤックはそう言いたかったのでしょう。

確かに技術的には食い足りないところもあるかもしれないけども、きちんと読んでおかないといけないのは、スコービーの周りのどんな人間も、やがて神さまに達するための罠として役に立っていたんだという点です。これはやっぱりキリスト教感覚ですね。

愛は衝動ではない

イヤな男に憎らしいことをやられたことがあるでしょ？　あそこの八百屋のおっさんは憎たらしいとか、そういう意味じゃありませんよ。あなたの貞操を奪って、逃げてしまった男がいるとする。ごめんなさい、そういう比喩（ひゆ）は失礼ですが、僕はCクラスの作家なんで、どうも比喩がヘタなんです（会場笑）。もっと上品にいきましょう。

昔、愛した男があなたを捨てて、どっかに行ってしまった。この会場には青年たちもたくさんいるが、あるいはもっとおとなの男性もいるが、男で女を捨てていない奴はいないでしょう。逆でもいいです。女に捨てられたことのない男はいないでしょう。だけど、そういう捨てた女とか、捨てられた男という経験は、あなたにとって神を断絶するものではなくて、あなたが神を見つけるための一つのポイントになっているのです。

だから僕はよく言うんですよ。大学なんかへ講演に行くと、「神さまなんていますかね？」「どうして信じるんですか？」などと、よく訊かれます。そこで、そんな話をするんですよ。「きみの年齢で、女を捨てたことあるか？」「ありません」「そうかい。やがて、きみは女を捨てるようになるだろう」と。捨てることを責めるんじゃないんです。四十歳になって、自分の捨てた女を思って、「悪いことしたな、今どこで何をして生きてるかな？」と不安に感じた時、今からでも彼女を幸せにしてやれることはないかとか、やっぱり悩みますよ。そういう女が一人じゃなくて、十人もいてごらんなさい。大変だよ（会場笑）。

そんな時、「神さま！　あいつに悪いことをしたんです」という気持ちが、どんな男だって、四十歳にもなったらあるはずなんだ。そこで私は「待てよ」と思ったんです。イエスは人間たちから捨てられ、十字架にかけられて死んだじゃないか。イエスは捨てられるためにいた。すると、捨てられた女というのは、イエスと同じような存在だったかもしれない。だから、私は『わたしが・棄てた・女』('63年/講談社文庫)という小説を書いたのです。あれ、そう思って読んでごらんなさい、非常にいい小説なんだから(会場笑)。

もう時間がないから、こんなこと言ってる場合じゃないね。この憐みというのは、愛ではありません。これはもう僕らにもはっきりわかります。憐れみというのは、例えば情熱と同じで、衝動なんです。

これはさっきもチラッと言ったことですが、年ごろになって、きれいな人、魅力ある人、可愛い人に会ったら、それは好きになります。しかし、これは愛じゃないです。目の前に気の毒な人、病気で苦しんでいる人がいたら、可哀そうだと思いますよ。思わなかったら、バカか無神経ですもの。しかし、これも愛ではないです。

愛というのは、そんな衝動ではないのです。情熱とか、憐憫の情というのは誰でも起こします。これをキリスト教の用語で、「状態であって、行為ではない」と言うんです。衝動は状態ですよね。それは善でも悪でもないけど、愛ではない。

衝動は――つまり憐憫の情は――愛ではないのだから、スコービーを孤独にし、不幸にし、あるいは他人を傷つけさせる可能性が強いわけです。情熱も、相手を幸せにするどころか、相手を苦しめるでしょう。愛と違いますからね。われわれはあんまり情熱を持ちすぎて、異性を苦しめたり、逆に苦しめられたりします。

だから、スコービーが抱えている気持ちは愛ではない。この小説が発表された時、キリスト教側の批評家から、そこをよく突かれたんです。憐れみというのは、愛ではないと。それをあたかも愛であるかのごとく、錯覚したらいけないと。確かに、ハッキリ言うと、憐れみの気持ちって、そんなに難しいことじゃありませんよね。可哀そうだと思うことは、ひょっとしたら現実逃避かもしれません。

それとね、スコービーという男はよく嘘をつくんですよ。妻にも、ほかの人にも、本当のことを教えるのが可哀そうだからというので嘘をつく。一時的に、彼女を幸せにするために、相手を喜ばせるために、嘘をつくわけ。だから、悲しい男なんです。その嘘が全部、彼の十字架になっていく。それで自殺をしてしまう。

しかし、少なくとも一カ所は愛の場面、スコービーに愛があることを示す場面があります。それは先ほども挙げた、苦しむ子どものために「この子に平安を与えたまえ。私の平安を永遠に奪いたまおうとも、この子に平安を与えたまえ」と祈る場面です。ここには自己犠牲が入っているから、愛の端緒になるとキリスト教側の批評家も評しています。

来月は、ジュリアン・グリーンという作家の『モイラ』という小説をテキストにします。これ、新潮社から出ていたんですけど、何を思いけん、新潮社がもう出していないのです。今は主婦の友社から、私が監修して『キリスト教文学の世界』というシリーズが出てまして、その中に入っています。ただ、文庫本より値段が高いので、テキストとしてお使い頂くのはあまり気が進まないんですが、ほかにないものですから許して下さい。そのうち新潮社が文庫にしてくれるでしょう。いつか知らんけど（会場笑）。

（於・紀伊國屋ホール／一九七九年三月二日）

Ⅳ 肉欲という登山口

このふた月ぐらい、あまり日本にいなくて、あちこちに出掛けておりました。ロンドンにも二週間ぐらいいましたが、用事が済むとホテルへ帰って、グレアム・グリーンの『情事の終り』という小説を読み返していました。もう何回も読んだ小説ですけど、寝る前に少しずつ読むのが楽しみでした。というのは、あの小説はロンドンが舞台でして、それも偶然、私の泊ったホテルから歩いていける場所がけっこう出てくるのです。ロンドンの地図と首っ引きで、小説に出てくる通りや広場とか、登場人物が入った教会やパブやギャラリーやホテルなどに赤鉛筆で印を付けて、翌日、時間がある時にその通りを歩いたり、その教会に入ったり、そのパブを覗いたりしました。そんなことをしていますと、だんだん『情事の終り』の女主人公や愛人の小説家などが、本当に実在している人間よりも、もっと生きているような感じがしてきて、おかげでロンドン滞在が私にとって充実したものになりました。

みなさまに申し上げた通り、若い頃に、モーリヤックの『テレーズ・デスケルウ』の舞台を、地図を片手にリュックを背負って、町から町、村から村へと歩き回って、「ああ、なるほど、この町をああいう描写で書いたのか」「ああ、この風景をああいう書き方をしたのか」なんて旅をしたことがありましたけど、今度はグレアム・グリーンで、「おお、この教会をあんなふうに書いたのか。登場人物にこの道を歩かせて、あちらへ行かせたか。逢引き(あいびき)したホテルはこっちか」という具合の旅になりました。そんなに広い場所じゃなくて、ロンドンのピカデリー・サーカスのあたり、東京でいえば新宿のあたりだけの話ですから、訪ねて回るのにそんなに苦労は要りませんでしたけど、印象深かったのは、おおむね物寂しい裏通りにある通りや建物が多かったのです。小説の大事な場面で出てくる教会――女主人公が小説家の男との恋愛を諦め(あきら)ようと神に祈る教会――も、メイデン・レーンという裏通りにある、ちっぽけな、薄汚くて、ロンドンっ子が見向きもしないような何だか俗っぽいものでした。そういう俗っぽさの中にこそ、神の働きが隠れていると書きたいのでしょう。そのへんもグレアム・グリーンらしくて面白いなあと思ったのです。

いろんなツアーがありますけども、そういう小説の中の場所、主人公たちが歩き回った場所を訪ねるツアーというのがあったら、大変贅沢(ぜいたく)だなあと思いもしました。ツアーがなくとも、みなさんはこれから外国旅行に行かれることがたびたびおありでしょうけども、そういう時、行かれる町を背景にした小説を鞄に一冊放り込んで行かれるといいですよ。現地でお読みになると、その小説がもっと鮮やかに、もっと間近に迫ってくるでしょう。逆に言えば、その町がより魅力的に見えてくると思います。

ピューリタニズムと性欲

さて、今日はイギリスのグレアム・グリーンではなくて、フランスのジュリアン・グリーンの『モイラ』の話をします。

この小説が出たのが一九五〇年で、ちょうど私が留学する直前でした。フランスに行くとモナコ文学大賞というのを受賞して評判になっていましたので、本屋のショーウインドーに飾られていたのをさっそく買ってきて、字引を引き引き、下宿の暗い屋根裏部屋で読んだ記憶があります。

今度、みなさんにお話しするために、久しぶりで読み返しました。若い頃に読んだ時の受け止め方と、それから、この年齢になって読んだ受け止め方とはやっぱり少し違ってきたような気がいたします。

新潮社から福永武彦さんがとってもいい訳をお出しになったんですが、現在は絶版のようです（新潮社版の邦題は『運命（モイラ）』）。新潮社が文庫に入れてくれたら、どんなにいいだろうと思うような小説です。ジュリアン・グリーンというキリスト教作家の代表作だろうと私は考えています。

今回は新潮社のせいで（会場笑）、高い本しか出ていませんので、お読みになっていらっしゃらない方が多いかもしれないので、簡単に粗筋を申しますね。しかし、筋を申し上げても小説の本質的なものをお伝えしたことにはならないのは、いつもと同じであります。

ジュリアン・グリーンはフランス人ですけども、両親はアメリカ人で、大学はアメリカ南部のヴァージニア大学に留学しています。彼の中にはアメリカ的なピューリタニズムが非常に根強くあったように思います。この小説も一九二〇年頃のアメリカの大学生活を背景にした小説で、ジョゼフという青年がアメリカの南部のある大学で勉強することになって、その大学町へやってきます。このへん、作者の体験が色濃く反映されています。

ジョゼフは体軀強靭でして、しかも髪の毛が赤い。赤い髪の女というのは情が強いと言われているらしいのですが、髪の赤い男もまた同じように思われているらしくて、その赤毛のために、彼は友人たちの注目を浴びます。これは尊敬的注目というよりは、からかいとか、軽蔑的な注目です。しかし彼はやがて牧師になって、みんなの魂の救済のために働こうという気持ち、そんな激しい気持ちからこの学校で勉強し始めるわけです。

ひそかに友だちが彼に注目したように、ジョゼフはきわめて性欲の盛んな男には違いないのですが、育ってきた家庭の宗教的な環境から、自分の肉欲に対して非常に恐怖を感じています。しかし肉欲を無理やり封じ込めようと思っても、無理やり抑えつけたものはかえって消えませんからね、肉欲は無意識の領域で燃え続けます。

しかも彼は、図書館でシェークスピアの『ロミオとジュリエット』を開いても、ちょっと卑猥な、と言っても、どうってことないようなセリフが出てきただけで本を引き裂いてしまうような男です。今の感覚から言うと、バカか、阿呆かと思われるでしょうけど、当時のアメリカのピューリタニズムの中には、そういう青年がいたとしても決して不思議ではなかったでしょうね。むろん、きわめて激しい気性の持ち主とは言えるでしょうが。

ジョゼフはそんな激しい気性と、強い性欲を持った男ですが、同時に自尊心も非常に強く、自分が侮辱されることが耐えられないのです。自分を侮辱するような男は殴り倒してしまう。また、ぐうたらな人間に対しては、軽蔑の感情しか持てないような男なのです。日本の大学にはこの種の学生はいませんけれども、アメリカやヨーロッパの大学にはそういう、体がものすごく強くて、何だか使命感に燃えていて、ぐうたらな人間にはたちまち怒り狂うタイプの学生がたまにいるんですよ。私がもし彼と同級生だったら、絶対そばへ寄りつかない（会場笑）。

私だけじゃないのでしょう、必然的にジョゼフは孤独になっていきます。これは当人の報いで仕方がないのですが、そんな時、彼に友情と優しさを示すダビドという青年が現れます。私がもし教室でジョゼフと隣り合わせになっても、「こいつ、バカと違うか」と思って接していかないでしょうけど、ダビドはいろいろ彼に親切にしてやるわけです。

ダビドもまたやがて牧師になろうという気持ちを持っているんですね。同じ志の道を歩むんだと知って、頑（かたく）なジョゼフの気持ちも解きほぐれるのですが、やがてダビドに婚約者がいることを知ると、彼はこの友だちに対して違和感を感じます。まことに不思議な男でありまして、つまり女に接することは悪であると考えている。こういう青年にはいよいよ近寄らない方がいいに決まっている（会場笑）。

ところが、この小説を読んでいるうちに、私たちはジョゼフにある種の好意というか、親愛感を抱くようになるんですよ。そのあたりがジュリアン・グリーンの技術的な巧さでしょう。書き方がヘタだったら、ジョゼフってイヤな奴だなあというだけで、なかなか読者と主人公との距離は埋められないでしょうけど、読み進めていくうちに、だんだん、この男の孤独が伝わってくる。親愛感さえ少しずつ持てるようになります。

そんな学生生活を送っているうちに、彼は下宿を替わることになります。新しい下宿へ行きまして、自分の部屋に入りますと、それはそこの女主人の娘モイラの部屋でした。モイラが一時不在になるので、そのあいだジョゼフは貸してもらえることになったんです。

モイラという娘が使った部屋が、彼の部屋になる。モイラが寝ていたベッドがそこにあります。その日から彼はそこで生活するのですが、ベッドに寝れば、ここに若い娘が寝ていたんだと思って、彼は息苦しくなる。この部屋は若い娘が使っていたんだと思うと、やはり息苦しくなるわけです。そして彼にとって、そんなことを思うだけで罪悪なのです。

ある日のこと、彼が外出先から帰ってきますと、モイラがうちへ戻っており、それから二人の心理的葛藤が始まります。モイラはこの、何ていうんですかね、滑稽にして孤独な青年を苛めてやろうという気持ちになります。これは若い娘の心理からいって、当然なことです。女に対して恐怖を感じて、孤独な生活を送り、女友だちが一人もいないような大柄で赤毛の青年を見たら、すべての娘は苛めてみたくなるでしょう。ある夜、ジョゼフが帰ってくると、モイラが彼の部屋で腰かけていて、さまざまに彼をからかい、部屋の鍵を胸の中へ入れて、彼が返してくれと言っても、返さずに苛めたりする。しかもモイラは自分とあまりに違う彼を恋するようにもなるのです。

しかしジョゼフはこのモイラを、罪の女だ、自分を罪悪に誘う女だと思う。その時、ある衝動が湧く。この女を叩き直そうという気持ち、そして自分を罪に誘うなんてという怒りの気持ち、それがない交ぜになって、彼女に迫っていく。これには伏線のようなものがありまして、彼が木蓮の雪のように白く美しい花を見ていると、思わずその白い花を握りしめ、唇と眼にあてて押しつぶす、という場面が前に出てくるんです。モイラを捕えて、ハッと気がついてみると、彼はモイラを犯していた。自分のやったことに気づいた彼はモイラの首を絞めて、殺してしまうわけです。

どこかに埋めなくちゃと、その死体を持って外へ出ます。真夜中のことで、夕方に降り始めた大雪はすでに積もっておりまして、その雪の中へ彼はモイラの死体を埋めます。翌朝まで雪は降り続きます。午後になると、彼はダビドのもとを訪れて殺人を告白し、そこへ警察がやってくる。彼は捕まった、とまで書いていません。警察の人間が現われたところでこの小説は終わるのですが、先ほど申し上げたように粗筋なんか言っても、この小説の余白の豊かさや、いいイメージなどをお伝えすることはまったく不可能です。

旧約聖書的なアメリカ小説の暗さ

なぜ、ジョゼフがこんなに肉欲に拘るのか、最初に読んだ時、日本人である私にはいろんな疑問が湧きました。

後になってわかったことですが、原因の一つに、ジュリアン・グリーンが同性愛者だったということはあるようです。ジュリアン・グリーンには公刊された日記が何巻もありまして、あまり難しいフランス語で書いてないものですから、私も読みましたけども、家族構成もハッキリしないんですね。女きょうだいがいることくらいはわかるのですが、奥さんがいるのか、子どもがいるのか、いくら読んでもわからない。

それが数年前に彼が自伝を出しまして、同性愛者であることを明らかにしました。今、同性愛者といっても大手を振って世の中を歩けます。むしろ同性愛者の方がより文化的なイメージもありますけども、『モイラ』の頃は、とりわけプロテスタントの中でもピューリタニズムが強いアメリカでは、同性愛者は決して文化的とは見られず、人に隠さねばならぬことだっただろうと思います。しかもグリーンは一方で、キリスト教を捨てられない小説家でしたから、尊敬したり信頼している聖職者には、自分が同性愛者であることをおそらく話せなかったのではないか。そして、彼が肉欲について、大きな罪だという感じで拘るようになったのは、自分が女に惹(ひ)かれるのではなく、同性愛の傾向があると知ったからではないかと思います。

ですから、『モイラ』の面白さの一つは、ジョゼフとダビドという親友同士の書き方でもありまして、これは私がグリーンを同性愛者だと知らなかった時から、私みたいに単細胞な男の小説家が友人について書く書き方と違って、何だかネチャネチャした書き方だなと思っていたのです。あれは同性愛者である作家が男の友だちを書くと、ああいう書き方になるという一つのサンプルになる書き方ですよ。その部分も注意して読んでみて下さい。

もう一つ興味深いのは、肉欲を悪と見る考え方、あるいは自分の中にあるものを盲目的に破壊しようとする考え方は、ほかの国の小説よりも、アメリカの小説に非常に根強くあることです。例えば『緋文字(ひもんじ)』のホーソンや『白鯨』を書いたメルヴィル、彼らの小説を読みますとそう感じますね。『白鯨』では、白い巨大なクジラはこの世界の悪の象徴であり、それに戦いを挑んだエイハブ船長以下全員、木端微塵に敗れ去り、白鯨は悠々と大海へ去っていく。つまり大悪の勝利に終わるのですが、しかし、その悪を何とかして叩き潰そうという考え方がアメリカの小説にはある。

あれはやはりアメリカ人が西部の未開拓の土地に、非常なオプティミズムをもって新天地を建設しようとした、そんな考え方や行動様式と、悪を粉砕しようというクエーカー教徒やピューリタニストの考え方とが合体して、アメリカのプロテスタンティズムを形成していったのでしょうか。そこは私もよくわかりません。

しかし、アメリカの持つオプティミズムが悪の強さによって潰された時、『白鯨』みたいな小説が生まれるんじゃないか。ウィリアム・フォークナーの小説を読んでも、全篇これ袋小路、出口がないという感じがいたします。人間や世界の中にある悪の塊にどうしても負けてしまうという、一種の運命観があって、新約聖書的な明るさが全くなく、旧約聖書的な暗さに覆われています。

旧約聖書を多少でもお読みになった方は「なんて暗いことばかり書いてあるんだろう」と驚かれたでしょう。神さまは怒ってばかりいるし、ヨブは体中にデキモノができて、その運命に耐えなくてはいけないし。私が多少読んだアメリカの小説には必ずそんな旧約聖書的な暗さが隠されていました。そしてジョゼフの自己破壊に終わる『モイラ』にも、アメリカの小説の暗さと一脈通じるところがあるなと感じます。

そういう意味で、これはフランス語で書かれた小説だけど、生粋のフランス人作家は、こういう小説をなかなか書けないのではないか。ジュリアン・グリーンがアメリカで育ったことが、やはり精神形成上、大きな影響を与えているのではないかと思わせる小説でした。

今お話ししたことは、私の若い頃の感想の一端であります。あえてここで付け加えるならば、キリスト教ってどうしてそんなに肉欲を否定するのか、ということです。しかし、キリスト教もいろいろあって、この小説にあるのはアメリカン・ピューリタニズムによる肉欲の否定でして、例えばカトリックの場合は決して肉欲を否定しておりません。私はカトリックですから、こういう肉欲憎悪論をなかなか理解できないわけです。

よく日本の方は、「あんたはカトリックなのに、酒も飲む。タバコも吸う。女の子の話はする。ほんまにカトリックか」なんて僕に聞いてきます。いちいち説明するのは面倒なので、「いや、僕はカトリックじゃない。ひっくり返してトリックカです」なんて、いい加減な答え方をします（会場笑）。私がカトリックが好きなのは、そういう人間性の肯定の上に立つキリスト教だからですよ。もしピューリタニストの方へ来いと言われても、絶対行かないでしょう。酒も飲めず、タバコも吸えず、女の子の話もできないようなキリスト教だったら、私は信者にならん方がマシだ。ピューリタニストの方たちの立場はまた私と違いますね。

イエスは肉欲に苦しんだか

留学先で『モイラ』を最初に読んで三カ月ぐらいしてから、向こうの新聞を下宿で読んでいました。「フィガロ・リテレール」という、日本で言えば何ですかな、図書新聞とか読書新聞みたいな感じの文芸新聞です。

そこにジュリアン・グリーンの一問一答式のインタビューが載っていまして、『モイラ』の話題になった時、こんな答え方をしていました。「私がイエスを考える時、大きな問題だったのは、イエスは肉欲に悩んだことがあるだろうか、性欲に苦しめられたことがあるだろうか、ということだった」と。

ごめんなさいね。今日、お嬢さん方もたくさんいらっしゃるのに、露骨な言葉で話すのは私の意図するところじゃありませんが、ほかにいい言葉がないので。

グリーンは、自分は肉欲に苦しんだことがあると言うのです。彼は十代でカトリックに入るのですが、神父さんにイエスの肉欲について相談した。すると神父さんは、「イエスが肉欲に苦しんだかどうかは私にはわからない。聖書に書いていないのだから。しかし、人間が肉欲に苦しむことをイエスは心の底から知っている、ということだけは私にも言える」と答えた。それが記憶に残っているとグリーンは言うんですね。これは、単に肉欲というだけでなく、同性愛者の苦しみや哀しみもイエスはわかってくれるだろうか、という意味でグリーンは神父さんに訊ねたのだと思います。

それから、そのインタビューによると、主人公を誘惑するモイラという女の名前は、ギリシャ語でアダムとイヴの、イヴを意味するのだそうです。アダムを誘惑したイヴですね。私はギリシャ語やっていないから、まったく知らなかった。

もう一つ、何語だったか忘れましたが、ケルト語か何かで、モイラには聖母マリアという意味もあるのだそうです。男の肉欲を誘発する女性、男を罪に引きずり込む女性。と同時に、母の象徴である女性。この二つからモイラという名前ができているとグリーンはインタビューで答えていました。「そうか！」と思って、すぐに私はこの小説を読み返したのです。

先ほど申しましたように、この小説はアメリカのピューリタニズムの影響の下で、旧約聖書的な暗い結末に終わっているという読み方を私はしていました。しかし作家は小説を書いているうちに、自分の主人公を我が子のように思い始めます。この前、『テレーズ・デスケルウ』の時に言いましたが、作者のモーリヤックはなんとかしてテレーズを闇の世界の中から救い出そうと試みました。しかし『テレーズ・デスケルウ』の中では、どうしてもそれができなかった。だから次に『夜の果て』という小説を書いた。それでテレーズを救おうとしたけれども、やっぱりダメだった。『失われしもの』とか、テレーズを主人公に四つの短篇を書いたけれど、とうとうテレーズを救い出すことはできなかった。

一人の主人公をこれだけ長く書き続けるということは、そう多くあるものではない。ましてモーリヤックがキリスト教徒ならば、自分の小説の主人公というのは自分の同伴者です。同伴者を闇の中へ置き去りにすることは、小説家としたらいいかもしれないけど、キリスト教者としては同伴者をそこに置き去りにすることはできない。

ジュリアン・グリーンの場合も、ジョゼフがモイラを殺してしまったという結末で小説を終わらざるを得なかったけども、彼の中には、自分と同じように肉欲に迷って苦しむジョゼフをどこかで救いに導こうという気持ちが働いていたに違いありません。まして、モイラという名前に、アダムを誘惑したイヴと聖母マリアという両方の意味を持たせている以上、この小説にはどこかジョゼフの救いの可能性とまで言わなくても、ジュリアン・グリーン自身の祈りみたいな場面があるに違いないと思って、もう一度読んでみたのです。

これも当時の読み方ですから、若い私がほかの部分を読み落としているかもしれませんが、その時に気づいたのは、ジョゼフが自分が絞め殺したモイラ、つまり自分を罪に誘うイヴですね、イヴの死体を背中に担(かつ)いで外へ出ていく。雪はまだ霏々(ひひ)として降っている。その霏々として降る雪の中にイヴを埋める。その描写がずっと続きますけど、私も小説家の端くれですから——その時はまだ小説家志望の文学青年でしたが——、やっぱり自然描写の意味を考えます。なぜ、ここで雪を使ったかと考えます。伊達(だて)や酔狂に冬だから雪を降らせるなんてことは、小説家はしない。一つひとつのものに意味を込めて書くわけだから。

つまりジュリアン・グリーンが、例えば川の中へイヴの死体を放り込むとは書かなかったのはなぜか。私ならおそらく、井戸に放り込んで一目散、と書くでしょうけど、グリーンは雪を降らせて、雪の中へ死体を埋めた。雪というものは、すべてのものを真っ白に浄化しますね。雪が降りしきる夜、積もった雪の中へ彼の罪のシンボルであるイヴ、モイラを埋める。雪を使うことで、ジョゼフのために救いを祈ろうというグリーンの思いが込められていると私にはわかったのです。そして、この雪は、同時にモイラの名前のもう一つの意味である聖母マリアの方へつながっていくわけです。この部分はそういうことだったかと、私は納得しました。

処女と吉行淳之介（よしゆきじゅんのすけ）

われわれ日本人の目には非常に奇妙に映ることですが、肉欲を罪と感ずる考え方について、もう少し話してみましょう。

アメリカのピューリタニズムを例に挙げましたが、例えばヨーロッパにはマルキ・ド・サドという人がいました。サドの作品をお読みになった方はご存じのように、彼は非常に処女を憎みますね。『美徳の不幸』でも何でも、処女をどんどん不幸にさせます。

なぜサドが処女を嫌うかというと、やっぱり処女は、キリスト教の国では社会的かつ宗教的に、聖母マリアが処女で懐胎したように、純潔のシンボルなわけです。しかし処女である娘は、純潔の社会的・宗教的象徴である処女性によって男を誘う。一方では美徳でありながら、一方では男の肉欲をそそる罪の根源であるという、この矛盾した自分について、処女はまったく気づいていない。だからサドは怒り狂って、処女をいじめ回り、暴力で破壊しようとします。この処女を破壊するということは、同時にキリスト教の概念を破壊する考え方へとさらに発展していく可能性が色濃くあるのです。

日本の小説家で処女に対して怒っているのは、僕の友人の吉行淳之介君であります。このホールの下は紀伊國屋書店ですから、お帰りに彼の名作の一つである『夕暮まで』という小説をお買いになったら、彼がいかに処女を嫌いかということがわかります。彼にとって、処女は猥褻（わいせつ）そのものなんですね。

昔のことですが、「吉行君、僕はキリスト教徒だから、処女は純潔でいいなと思うけども」と私が言ったら、「いや、処女は猥褻だ。あんな猥褻なものはない」と言っていましたね。彼は猥褻なことが大嫌いな作家ですから（会場笑）。ただ、猥褻の意味がわれわれとはちょっと違うんです。

かつて吉行君に「小説家って結局、最後は思いやりということに到達するんじゃなかろうか」と言うと、「俺もだんだんそういうふうな気がしてきている」と答えたことがあります。そんな優しい心を持っている吉行君ですから、サドのような暴力は書きません。むしろ、処女への恐怖がある。『夕暮まで』は、まるで薄氷の上を歩いているような不安感や恐怖感を読者に与えます。そこがやっぱり西洋と日本の作家の大きな違いだろうなと思う。これについても、いつか話してみたいですね。

ともあれ、肉欲からの脱出という問題は、次回読むジッドの『狭き門』にも出てきます。今日は露骨な言葉で押し通しますが、僕から言わせれば、『狭き門』のアリサという女は男に抱かれることを望んでいるにもかかわらず、恋人である男はキス以上のことはしない。もたもた、もたもたしている。簡単に言えば、やっちゃえばいいんですよ。これはカトリックの見地から言っても、私の発言は非常に正しいと思います（会場笑）。

神はあなたに無関心ではない

今日、『モイラ』についてお話しした内容は、お断りしたように私の若い時の読み方です。それから長い歳月が経って、この小説を再び読み返しましたが、昔の読み方が間違っていたという気持ちはしませんでした。ただ、あの頃は気張っていましたから、フォークナーだとかマルキ・ド・サドだとか、いろいろ持ち出して、青くさい、頭を抱えるような考え方をしていましたので、今日もあえて彼らの名前を出しました。

青くさいことは別に悪いことではないんで、今の方がひょっとしたら退化した読み方になっているかもしれません。しかし、久しぶりに読み返してみて感じたことは、しごく簡単なことでした。それは自分が長いこと小説を書いてきて、そして、まあ老人になってしまったら当然、出てくる結論です。つまり、救済に至る道までは書かれていないけれども、どんなことでも救済に至る方法はあるんだ——ということです。われわれが罪と言っているようなもの、悪と言っているようなもの、そんなものだって、神というものがいるならば、救済の道具に使うのだということです。このあたり、前回の『事件の核心』の時に言ったこととも重なってきますね。

　こんなふうに言いましょうか。

　ケチな男に対しては、いつか自分の方へ振り向かすために、神はケチという性質を徹底的に利用するのです。肉欲に苦しむ男には、いつか自分を見させるために、神は肉欲の中に滑り込んでいくんです。われわれが最も不潔に思う背徳さえも、もし神というのがいるのならば、神の姿を見させるためにそれを利用するのです。利用するどころか、その背徳の中に神は自分の存在を証明するんだということが、私も小説を書いたり、いろんなことをして細々生きてきた中でわかってきました。神と出会うのが山の頂上だとしたら、いろんな登山口があると思うようになったのです。俺はこっちから登ってきたんだけど、吉行君はそっちから来てたんだな、誰々君はあっちからか、という具合に。そして、その登り口というものには罪も善もへったくれもない。自分のどうにもならないものというのは、人間誰しもあります。

このジョゼフの場合は肉欲ということでした。おそらく彼はこれからも一生、肉欲に苦しむでしょう。肉欲ばかり意識するでしょう。この小説でも、もう毎日、朝から晩まで肉欲のことを意識しているので、大変だなと思います。しかし、今日いらっしゃる若い方たちの中には、これを読んだら膝を叩いて、「僕とソックリだ！」と言う人がいるかもしれません。

ジョゼフは牧師になろうという男ですから、肉欲は悪と思っている。そして、ついには殺人という罪を犯した。しかし殺人ということさえ、神にとっては何でもないことなのです。殺される方はたまらないけれども。肉欲に悩む男であろうが、嫉妬に苦しむ女であろうが、ケチなおじさんであろうが、大食いのおばさんであろうが、サディストやマゾヒストであろうが、その自分ではどうしようもない部分で神は自分の存在を証明するのだと、私は思うようになりました。神が自分の方を振り向かせられないものはないのです。

こんなことを言ったら、僕はたちまち教会の牧師さんや神父さんから叱られます。

いや、もちろんいい部分でも、神さまはいろいろ語りかけるでしょうけど、少なくとも僕の今の考えから言うと、人間の最もいやらしい部分、弱い部分、どうにもならないところを通して、神は語りかけてくる。あるいは神が自分の存在を証明してくる。そんな考えがだんだん強くなってきているだけに、この小説を久しぶりに読み返したら、「あ！　ジュリアン・グリーンさん、あなたも考えていたことは同じでしたか」という気持ちになりました。

今、こうして話しましても、「俺にとって神さまなんか無関心だから、よくわかんねえ」という方がいらっしゃるでしょう。確かに、大部分の方は神について無関心でしょう。しかし、神はあんたのほうに無関心じゃない。やがて自分の持っているものを一所懸命嚙みしめていたら――ここにケチな人がいたらケチのことを嚙みしめ、性欲が強い人がいたら性欲のことを嚙みしめていたら、神はそこへ滑り込んでいくんだという気持ちで、この『モイラ』を読み返してみて下さい。

ジュリアン・グリーンもそこまで書いていませんが、このジョゼフに救いに至る道があるとするならば、彼の激しい肉欲の中にしかないでしょう。肉欲という道から山を登っていけば、やがてほかの聖人たちが辿り着くのと同じところに行きつくのだと私は強く思っているのです。

翻訳がなかなか手に入らないので、お読みになれなかった方も大勢だと思います。私の今の話だけでは、よくおわかりにならなかったでしょうが、何かの形でこの小説をお読み下さって、今日の話を参考にして頂ければありがたいと思います。

（於・紀伊國屋ホール／一九七九年四月二十七日）

V　聖女としてではなく

　このおしゃべりも五回目になりました。今日はみなさん、よくご存じのアンドレ・ジッド『狭き門』を取り上げたいと思います。

　どんな作家でも、自分の理想的な異性を小説に書きつけたいという気持ちはあるでしょう。とりわけその作家がキリスト教信者であった場合は、理想的な女性と聖女というものとが往々にして重なり合うことになります。ジッドみたいな大作家を前にして自分のことを引き合いに出すのも恥ずかしいですが、私も自分の聖女のようなものを書きたいと思ったことがあって、それが前に触れた『わたしが・棄てた・女』という小説なんです。

　やはり、これも前回お話しした『情事の終り』という小説があります。この小説の女主人公もまた、作者のグレアム・グリーンにとって聖女だったのだろうという気がいたします。

『事件の核心』を取り上げた時にも申し上げましたように、グレアム・グリーンは若くして結婚した奥さんと別居しています。カトリックは離婚を許してくれないので別居しまして、娘もいたようですが、ずっと一人で暮らしました。

三年ほど前、私がポーランドの文学賞を貰いましてワルシャワへ参りますと、その賞を以前にグレアム・グリーンも受賞しておりまして、グリーンを接待したポーランドの出版社の人や作家たちが彼の話をいろいろしてくれました。

結論として彼らが言うのには、グレアム・グリーンと遠藤周作にはとても大きな違いがあると。何かというと、グレアム・グリーンはポーランドに来ても、たいへん女性に関心があったけれども、遠藤さんはあまり女性に関心がなさそうだと。これは、私は女房を連れて行ってたものですから、そういう形而下的な理由だけで女性に関心がない顔をしていたのでありまして、グレアム・グリーンがポーランド女性に大いに興味を持ったということについて、羨望の念を禁じ得ませんでした（会場笑）。

『情事の終り』は一九五一年に発表されました。新潮文庫に入っています。おそらくグレアム・グリーンが自分自身をモデルにしたと思われる小説家と一人の人妻との恋愛の物語です。この人妻の夫はみなさんや私や、『テレーズ・デスケルウ』の夫ベルナールと同じような人間だと考えて頂いていい。平凡だけど善良な、いい夫です。

この人妻、名前はサラと言いますが、そんな夫に対する不満もあり、小説家に恋愛感情を持ちまして、二人は第二次世界大戦中、夜ごとドイツ軍の空襲を受ける暗いロンドンで情事を重ねていきます。

ある日、二人が内緒で借りた部屋で密会している時も、ナチによる無人ロケット機の爆撃があり、爆弾は二人のいる部屋のすぐ近くで炸裂(さくれつ)して壁が崩れ、小説家は気を失ってしまいます。サラは自分の恋人が死ぬと思いまして、初めてその時、必死で神に祈ります。彼を助けて下さい、もし彼を生かしてくれたら、私はもう彼には会いません、絶対会いませんから、どうぞ彼を生かしてやって下さい。

もちろん小説家は死んだのではなくて、爆風で気絶していただけですから、祈り終えた頃には目をパッチリと開けますよね。しかし、サラと神さまとの間の約束は残ってしまって、彼女は小説家と神さまとの三角関係で非常に苦しむわけです。

サラは小説家にもう会うまいと努力をする。内心では、すごく彼に会いたいのです。小説家の方は、彼女が心変わりしたのではないかと嫉妬(しっと)します。サラは神さまと約束したのだから、もう二度と会ってはいけないという気持ちの中で苦しみ、揺らぎます。

この部分が実に巧(うま)く書けていると思いますね。情事の部分も憎たらしいほど巧くて、やはり女に関心のある作家は巧く書くものだなあと痛感します。

例えば二人で映画を観にいくんです。そうしたら映画の中で、ある男が人妻と一緒に食事をする。そうすると、ビフテキの付け合わせにタマネギが出てきますけども、その人妻がタマネギを食べない。すると、男が嫉妬をするという映画の一場面が出てくる。タマネギを食べると口にタマネギの匂いが残りますね。情事の後に自分のうちへ帰って、会社から帰ってきた夫とキスをした時、その匂いを気にするだろう。女の心理の一側面です。その映画を観た後、サラと小説家はレストランに入りますが、そこでタマネギが出てくる。二人はどうするか？　このへん、実に巧いものですよ。あるいは彼女のうちで、情事をする場面がある。階段なんです。よくありますでしょ、階段で木が緩んでいて、体を動かすたびにギーッて軋んだ音が出るところ。サラの夫に気づかれないようにするのと、そんな軋む音とが絶妙な組み合わせなんです。そういう書き方の技など、やっぱり経験がなかったら書けない。想像だけでは書けないのではないですかな。

しかし、いずれにしろ、サラは神さまと恋人の小説家との狭間で苦しみながら、やがて衰弱して死んでいきます。

小説家は彼女がなぜ自分から離れていったかという真意がわからないので、私立探偵に尾行させもします。すると私立探偵の報告は、どうもほかの男ができたらしいというもので、探偵が盗んできた手記の中にも「愛」という言葉があったりする。小説家の嫉妬心はますます燃え上がります。結局、ほかの男というのは神だったのですが、小説家には最初見当もつきません。サラが死んだ後、彼女の日記によって初めて、なぜ自分を避けようとしていたかがわかって、今度は小説家は神に激しく嫉妬をするのです。自分から彼女を奪ったわけですからね。

しかし嫉妬をするということは、神という存在が忘れられなくなったということです。神はサラだけでなく、小説家も捕まえたのです。『情事の終り』はそこでだいたい終わります。これはグレアム・グリーンの小説の中ではあまり評判が良くなかった方なのですが、私は『情事の終り』を非常に巧くて面白い小説だと思っていますよ。

そしてこの小説をロンドンで読み返した時、「あっ、グリーンは『情事の終り』を書く時、アンドレ・ジッドの『狭き門』をずいぶん参考にしたな」と、はたと思い当たりました。参考にしたというと言いすぎかもしれませんが、『狭き門』にずいぶん影響を受けて書いているのは確実だと思います。

サラの日記が『狭き門』のアリサの日記に似ているとか、細かい例証を挙げるのはいささか専門的になりますから止めておきますが、この二つの小説を比較して検証した論文を私はまだ読んだことがありません。例えば、二人の作家が自分の「聖女」をどう扱ったか、そのあたりも読み比べたら面白いでしょう。

ジッドの仕掛けた罠

『狭き門』は、ジェロームという男が少年時代から、この世の中で一番美しく、一番清らかだと思っている、二歳年上の従姉アリサとの愛を綴った告白記録のような形になっています。筋らしい筋はほとんどありません。二人は子どもの時から、天国へ手をつないで行きましょうみたいな、バカバカしいことを言っておりますが、冗談でも何でもなく、アリサも恋人のジェロームも、そのために生きようと考えているのです。

ところが、やがてアリサがジェロームから、少しずつ離れよう、離れようとし始める。ジェロームにはその理由がわかりません。するとアリサは、「天国というのは、聖書に書いてあるとおり非常に狭き門しかない、ラクダが針の穴に入ることができないのと同じように、二人で入ることはできないのよ」みたいなことを言って、ジェロームから身を退き、孤独の中で死んでいくという話です。

今の若いみなさんは、こういう純愛物語といいますか、プラトニック・ラブを貫く二人の小説をお読みになるとバカバカしいとお思いになるでしょうが、私たちの若い頃は、こういう純愛物語に甚だ感銘を受けて、「ああ、自分もこういう体験をしたいものだ」と感じ入ったのです。今日お集まりの中でご年配の方たちの多くは、若い頃に『狭き門』を読んで、山内義雄先生の美しい訳文と相俟って、大変感動なさった経験がおありだろうと思います。私たち日本の読者だけではなく、ジッドの友人たちも、実に美しいプラトニック・ラブの小説だと感激した。

例えばポール・クローデルというカトリックの大詩人がいます。彼は外交官でもあり、一九二〇年代には駐日大使になって、数年間日本で過ごしたこともあります。彼とジッドとの往復書簡集が本になっていますが、これを見ますと、ジッドは自分が同性愛者であることを告白しています。奥さんもいるし、奥さん以外の女性との間に子どももいますから、いわゆる両刀使いだったんですね。

クローデルは、ジッドへの友情は持っているし才能も認めているけども、宗教や文学に対する考え方には大きな差があると思っていた。それが一九〇九年に『狭き門』が発表された時、クローデルはジッドに激賞する手紙を送っています。「この小説を読むと、あなたは、私やあなたの妻に――マドレーヌというジッドの妻は非常に立派な女性だったらしいんです――、やっと近づいてくれたと思う」と書いている。つまり、われわれの考えているキリスト教の愛や教えなどに、あなたも近づいてくれて嬉しい、という手紙です。

その時、ジッドは「きみほど、この小説がわかってくれた人はいない」と返事を書いています。しかし、ジッドの日記も公刊されていまして、そちらを見ますと、「愚か者、ポール・クローデル」と書いてある（会場笑）。要するに、ポール・クローデルは阿呆で、この小説をまったくわかってないと。というより、これは「あいつ、俺が仕掛けた罠にまんまと引っ掛かってしまっとる」ということでありましょう。ジッドは『狭き門』で、ポール・クローデルや自分の妻マドレーヌが属しているカトリックへ近づいたのではなく、全く逆にカトリックを批判するために、この小説を書いたのです。私も最初に読んだ時は、全然わかりませんでした。ひたすら私も感動の涙を流しながら読んで、ジッドから言わせれば「大いなる愚か者、遠藤周作」であったわけです。

まず、この小説は非常にいやらしくできております。いやらしいって、急に悪口を言うようですが（会場笑）。この小説の鍵は最後の方にあります。アリサが死んで何年もたって、まだ彼女のことを思い続けているジェロームがアリサの妹のジュリエットに会いに行きます。ジュリエットはもう人妻になっています。ジェロームがアリサのことを思いながら彼女の家を訪ねると、ジュリエットは彼に「あなたはまだアリサのことを忘れていませんか？」みたいに訊くんです。ジェロームが「いつまでも忘れたくない」と答えたら、ジュリエットはしばらくして、「さあ、目を覚まさなければいけませんわ」と。そこへ女中がランプを持って部屋に入ってきた、というのがこの小説の最後の一行です。

ちょうど夕暮なんです。部屋の中の洋服ダンスも机も椅子も見分けがつかなくなる夕闇が忍び込んできて、ジュリエットの表情もハッキリ見えない。けれど、美しく思える表情で、ジェロームに向かって「さあ、目を覚まさなければいけませんわ」と言うと、女中がランプを持って入ってくる。

文章は音楽的で、読んでいるとその調子に酔わされてしまいますけど、「さあ、目を覚まさなければいけませんよ」というのは、ジッドの読者への目配せです。あんたら、ここまで読んできてくれたけども、さあ、目を覚ましてくれよ。僕の言いたいことを、はっきりわかってくれよと。それがこの最後の場面に含まれている。

では、いったい何に目を覚まさなければいけないのか？

『狭き門』は小説技術的に巧いけれども、ずる賢いやり方を取っているんです。つまり、ジェロームという男の回想録の形式を取っている。ジェロームの側から書いているから、アリサが何を考えているか、読者もなかなかわからないわけですよ。

ジェロームはいわば陶酔型で、またインポ的傾向のある男なんです。というのは、ジッドは『狭き門』を書く時、主人公をスタンダールの『アルマンス』の主人公オクターヴのイメージで考えていました。オクターヴというのは不能者なんです。不能者なんて言ったらいけませんな、言い方を変えましょう。世の中には陶酔的な男がいるでしょ。今はだんだん少なくなりましたけど、われわれの世代にはずいぶんいました。音楽喫茶へ行くと、すぐに手が震えてきて、ベートーベンか指揮者のストコフスキーみたいな動きをする男がいて、一緒に曲を聴いていると、こっちの背中にジンマシンが出そうになりました。ジェロームはそんな自己陶酔をするタイプです。

先ほど申し上げたように、ジェロームは従姉のアリサをこの世の中で一番美しく、一番清らかな女と思い込んでしまった。そして二人で手を取って、かの天国へ、この上なく清らかな世界へ二人で進もうと思い込んで生きている。

しかし、アリサの立場に立ったらどうでしょう。アリサが、あるいはこの会場にいらっしゃる女性が、自分の好きな男の子、まあ嫌いではない男の子から、「あなたはこの世の中で一番美しく、この世の中で一番清らかな女だ」と言われたら、どうお思いになりますか? 半分は嬉しいけども、半分は「ちょ、ちょっと待って、これはえらいことになったなぁ」と思わない?（会場笑）そうお思いになるでしょう。僕だって、もし誰かが僕の歌を聴いて、あなたは沢田研二よりすばらしいと真剣に言われたら困ってしまう（会場笑）。

異論はあるでしょうが、これは僕の意見ですよ。女はすばらしい存在だけれども、しかし男と同じように愚かなところもあると思っています。だからこそ、男女で協調して生きていかなくちゃいけない。しかし、男に「あなたは世界で一番美しく、一番清らかだ」と言われると、やっぱり女の人は男のイメージに合わせようと思って、背伸びしますよね。

恋愛の苦しさの一つは、モーリヤックがよく書くことですけど、われわれは相手に一つのマスク、つまりイメージを与え、与えられた方はそのイメージに合わせたマスクをいつの間にか被ってしまうことです。

女の人を一番楽にしてあげるのは、「きみはアホやなあ」って言ってやるのが一番いいと思うんです。アホでさえあればいいんだから、利口ぶる必要ないんだから楽でしょ？　でも、「アホなところがかわいいな」と言うと、怒る女性もいるから注意しないといけませんよ。遠藤が言うから、「アホやな」と女の子を口説いたら、たいへんな目に遭ったぞなんて苦情言われても困る（会場笑）。

アリサの場合は、ジェロームの与えたマスクのせいで、清らかさや美しさを装わなくてはならなくなった。でも、それもやっぱり愛情なのですね。

これはキリスト教とは関係がない

ですからジェロームとアリサの恋愛の第一段階は、ジェロームが陶酔のあまり、アリサに「世界で一番清らかで美しい」というイメージを押し付ける。彼らの恋愛の始まりには、肉欲は完全に排除されています。

本当のことを言えば、アリサというのはごく普通の女の子ですよ。僕はもう年を取ったから今の誘い方を知りませんが、「車に乗って、どっか行こうよ」「一晩ぐらい、どっかに泊まってもいいじゃないか」みたいに誘ってくれた方が、アリサはずっと楽だったと思います。しかし、ジェロームはそんな女の気持ちを見抜けないほど鈍感であり、またエゴイストでもあります。

第二段階になると、アリサは背伸びをしなくちゃいけなくなる。これは女の気持ちとして当然です。その背伸びの気持ちというのは、彼が自分を清らかな女と思っている。美しい女と思っている。そして背伸びをすればするほど、ジェロームはアリサに夢中になっていく。そうすると、いよいよ本当の自分を彼に見せるのが怖くなります。

アリサだって自分の部屋におれば、塩豆をボリボリ齧って、お尻を掻いたり、弟と箒を持って喧嘩したり、いろいろあるでしょう。しかしジェロームは、アリサは絶対、塩豆を食べたりしない、お尻なんか掻かない人だと思っている。だから、アリサは彼の前で塩豆を齧ったり、お尻を掻けるはずがない。彼女は背伸びをして、本当の自分をジェロームに見られたくないわけです。やっぱり好きだから、彼に幻滅されたくない。

しかも、彼女もそんな自分の無意識にある心理をよくわかっていないんです。ジェロームだって、現実の彼女ではないものを見ているし、自分も彼女に併せようと背伸びしているわけです。二人とも盲目になっているんだ。そんな中で、目の見える人が一人いまして、これがアリサの妹のジュリエットなんです。彼女は普通の現実的な女の子で、狭き門より入れとか、二人で手をつないで天国へ行くだとか、ジンマシンが背中に出るようなことは絶対に言わないタイプです。だから、彼らが背伸びをしていること、そして姉が普通の女の子なのにもかかわらず、聖女の装いをしているということをよくわかっている。わかっているけど、その渦中にちょっと巻き込まれたりして、ジュリエットは結婚してしまいます。

やがて、アリサは無意識のうちに、彼に幻滅を与えたくないためにいろんな口実をもうけて、彼に会わないようになります。彼がやってくると、わざとどっかへ行ってしまったり、天国へ行く門は狭い門なのよ、二人で手をつないで行くことはできないのと言ってみたり。

ジェロームにすると、なぜそんなことを言われるのかわからないわけですが、理由は簡単です。彼が女ごころをわからなかっただけなんだ。しかし、彼は女ごころとか、そんな現実的なことを全て抽象的な宗教観念の上で判断しようとする。アリサが自分を避けるのはもっと魂の修行をしようとしているんだ、と錯覚していくのです。

アリサは背伸びをし、背伸びをし、背伸びをして、しかも自分が背伸びをしているということがわかっていない。わからないから、これがジェロームのためなんだというふうに、彼女もまた錯覚してしまうわけです。ついには、私が身を退くほうが、ジェロームが一人ですばらしい世界に行くことができるんだ、と自分の心に言い聞かせて、ジェロームから離れて、そして体を悪くします。ジェロームに会いたいけれど、神さまは私たち二人が一緒に行くのではなく、ジェローム一人で行くことをお望みだと思い、神さまとジェロームとの間に挟まって死んでいく。一方、ジェロームは彼女の心理がとうとうわからなくなってくる。

それでもジェロームは相変わらず夢に耽っておりましたが、ふと、もう結婚しているジュリエットを訪ねる。「まだアリサのことを忘れていませんか？」「いつまでも忘れたくない」「さあ、目を覚まさなければいけませんわ」という会話をして、女中がランプを持って入ってくる。

ジェロームが自分の錯覚から目を覚まさなければいけないのと同じように、われわれ読者もこの小説を甘美なる恋愛小説、あるいはプラトニック・ラブを扱った宗教小説と読むような錯覚から目を覚まさなければいけないのです。むしろ、キリスト教とプラトニック・ラブを風刺し、批判した小説なのです。

しかし、私の考えでは、これは少なくともキリスト教とは関係のない小説です。風刺も批判も何も、アリサやジェロームのような考え方はキリスト教とは全然関係がありません。キリスト教の立場から言えば、ジェロームは塩豆をボリボリ齧って、お尻を掻くアリサを考えてやるべきであり、塩豆を齧るアリサをこそ愛すべきであって、宗教の砂糖漬けになったような化け物を考えたり愛したりするべきではないのです。

キリスト教的ではないというもう一つの理由は、この二人の間に肉欲が排除されてしまっているということです。しかも、カトリックの批判として、肉欲を排除した二人を創(つく)っている。ジッドはこの点、いわゆるプロテスタントのピューリタニズムとカトリックとを混同しているようです。

カトリックは、セックスとか肉欲を否定したことはありません。それがある秩序の上に乗っている限り、当然、人間のあるべきものとして認めているし、そこに罪の匂いなどを感じる方がおかしいという考え方なのです。男女の愛やセックスをカトリックが否定していたら、ヨーロッパの人口はほとんどなくなっていたでしょう（会場笑）。

ですから、ジェロームとアリサのようなプラトニック・ラブが、さながら宗教的な理想であるかのごとく、あるいは肉欲を排除したところに本当の男と女の愛が生まれるかのごとく錯覚するのは、カトリックとは全く関係ないことです。ジッドがそういう道筋でカトリックを考え、批判したとしても、これはカトリックの責任ではないと私は思いますね。

ジッドというのは先ほども言ったように同性愛者で、私は大学時代、佐藤朔先生からジッドの講義を受けた時、先生が「ジッドと奥さんのマドレーヌの間には子どもがいないんだ。実に清潔なんだ」と呟かれたことがあります。先生はその清潔さの奥にある悲劇を暗示されたのだと思います。

アリサとジェロームがそうであるように、マドレーヌはジッドより二歳年上の従姉で、ジッドは彼女を美しきもの、清らかなものの象徴として見ていました。もちろんマドレーヌはジッドが同性愛者であることを知っていました。

その上、ジッドは彼女を清らかだと思うあまり、肉体的な愛を感じることを冒瀆(ぼうとく)とさえ思っていたそうです。つまり、『狭き門』でジェロームがアリサの顔の上に、あまりに清らかな聖女のマスクを被せていったのと同じです。ジェロームとアリサの関係は、少なくとも肉体的な面において、実際のジッド夫婦の関係ときわめて相似形です。やがてマドレーヌは夫に絶望し、まだ若くして寂しく死んでいきました。

（於・紀伊國屋ホール／一九七九年五月十八日）

Ⅵ　あの無力な男

今日が最終回になります。率直に言って、外国文学におけるキリスト教などというテーマでお客さんが来てくれるのか、ガラガラだったらどんな顔をしようか、いろいろ考えていたのですが、幸い、いつもたくさんの方に来ていただきました。

これまで私は「キリスト教ではこう考える」「イエスはこんな人だ」みたいに一概に言ってきましたけれども、むろんキリスト教にもいろんな考え方があるでしょうし、それを土台として書かれた小説にもいろんな読み方があるでしょう。また、イエスについての考え方も人によって違うと思います。私が言っていることが正しいとは限らない。いや、かなり正しいとは思ってるけど（会場笑）。

今回取り上げるベルナノスの『田舎司祭の日記』はおそらく日本の普通の読者、つまりキリスト教にあまり関心をお持ちにならない方々には敬遠される類い（たぐい）の本かもしれませんし、私にとっても非常に難解な小説です。もう何度もページを広げましたが、率直に申し上げまして、いまだによくわかったとは言えないんです。わかったとは言えない小説なのにもかかわらず、何だか心を惹かれまして何回も読んでいるのです。心を惹かれる理由は、私が考えているイエス・キリストのイメージと、この小説の主人公のイメージとが非常に合致するところがあるからです。ですから、この小説の話をする前に、キリスト教の根幹であるイエスという人を私がどう考えているか、少しご説明した方がいいでしょう。これは喋るよりも、みなさんが私の『イエスの生涯』（'73年／新潮文庫）という本を買って下されば一番いいんですが（会場笑）。

一言で言うと、私は今までの人とは違った聖書の読み方をしてきまして、それが『沈黙』『死海のほとり』（'73年／新潮文庫）などの小説や、『イエスの生涯』『キリストの誕生』（'78年／新潮文庫）といった評伝になりました。とりわけ『沈黙』はカトリック教会から大変な批判を受けまして、一時私の本はカトリックの本屋さんではあまり大っぴらに売らず、お客さんが私の本を欲しいと言うと、そっと出して渡していました。『沈黙』は信者に薦められはしない、できればお読みにならない方がいいでしょう、という姿勢でした。

何年かたって、ローマ法王庁の方針が変わりまして、各国のキリスト教はその国の国民性や風土に合った考え方をしていかなくてはならない、となった。すると、私の本も読んでもよろしいとなりました。私としては、そんなにネコの目のようにクルクル変わられてもな、と思いますよ。イヤならイヤ、ダメならダメで通してくれた方が、私も戦いのしがいがあったのですが、向こうが勝手に刀を引っ込めたものですから、喧嘩の相手がなくなって多少困っております。

そんなことはどうでもいい。要は、私のキリスト教観がいわゆるキリスト教の一般的な考え方とやや違っていることをあらかじめお断りして、お話しいたします。

どこが違っているかはまず別にして、みなさんの中にも聖書をお読みになろうと試みられた方はたくさんおられるでしょう。例えば近ごろ、ホテルで引き出しを開けると聖書がよく入っていますし、また聖書をタダでくれるところもかなりありますけども、ほとんどの人はいざ読み始めてみても、あんなアーメン、ソーメンみたいなもの、少し読んでイヤになってほっぽり出すに決まっています。私も正直言って、子どもの時に私の意志ならざる形で洗礼を受けましたから、よくわかるんです。

自分の意志でキリスト教信者になった小説家は多いんですよ。椎名麟三さん、曽野綾子さん、三浦朱門さん、最近はもっと増えて、高橋たか子さん、大原富枝さんとか、キリスト教キリスト教と草木もなびくという感じになっている（会場笑）。

もちろん、これは別にいけないって言っているんじゃありません。ただ、私はそういう人たちを見ると、非常に羨ましいのです。たびたび書いてきたことですが、いわば彼らは恋愛結婚です。つまり、キリスト教という嫁さん、旦那さんを恋愛結婚で選んだわけです。それまで、さんざんいろんな女の人、男の人と遊び回った挙句、これがいいと一人を選んだのです。遊び回ったと言うと失礼だけど、いろんな思想や宗教と遊び回った挙句に、キリスト教を選んだんだ。これはものの譬えですからね。僕、みなさんにわかりやすいように言っているだけだ（会場笑）。

私の場合は、もう子どもの時から親が決めた許嫁がいるわけです。それがバタ臭い顔をして、ヒゲを生やして――嫁さんなら女だからヒゲは生やさないけれども（会場笑）。で、私はもともと、弥次さん、喜多さんが大好きな少年でした。あの『東海道中膝栗毛』の主人公二人を自分の理想的人物としていた男が、『東海道中膝栗毛』とは似ても似つかぬ、外人の顔をして、みそ汁もつくらなきゃ、おこうこも刻むこともできず、ご飯も炊けない嫁さんを貰って、いつもバタ臭い料理ばかり出されたら、これはかなわんですよ。だから、結婚はしたけど、「こんなの追い出してやれ、実家に返してやれ」と何回も思ったんです。でも、すべての女房と同じように、出ていかないんだよな。茶の間に座ったお尻から、なんか根みたいなのが生えちゃって、居座られちゃった。

しかし犬でも三日飼えば情が移ると言いますから、だんだん付き合ううちに、相手が出ていかない以上、横にいる相手のことはわかろうとまでは思わないけど、何となく見ちゃいますからね。向こうもこっちを見てますしね。そのうち、確かに三日飼って少々情が移ってきたのです。まだ、率直に言って、本当には愛しとらんですけどね。小説を書き始めてからは、せめてこの嫁さんを何とかしてやらなくちゃいけないと思ってやってきたのが、私の今日までの小説なのです。

彼は「愛」しか言わなかった

あれ、何を話していたかな？　まず『イエスの生涯』か、いや、『田舎司祭の日記』だ（会場笑）。みなさんが聖書をお読みになっても詰まらないだろうという話でした。私も聖書を読んで、正直詰まらなかった歳月が長いことあったのです。それより、はるかに外国の小説を読んだ方が面白い。そんなことを言うと、「お前は聖書を文学として読んでいるのか」と咎められるかもしれませんが、文学としても読めるものです。

みなさんもご存じのように、聖書というのはイエスが書いたものではありません。イエスが生きている時代にあったものでもありません。イエスが死んでから四十年ほど後に、まずマルコ伝（マルコによる福音書）が書かれました。さらにマタイ伝、ルカ伝などが書かれていきます。そんな聖書作家が書くにあたって参照したものにイエス語録集があります。このイエスの言葉を書いたとされる原典は、もはや散逸しており現存いたしません。学者が復元しようと、こうだったろう、ああだったろうといろんな説を立てていますが、完全にこんなものだったという確定したイエス語録集はありません。これは普通、ドイツ語の資料（Quelle）という言葉の頭文字Qを取って、Q資料などと呼ばれています。

つまり、聖書の中にはいろんな夾雑物が入り込んでいるのです。イエスの死後、イエスの弟子たちが原始キリスト教団をつくりまして、マルコならマルコを中心にマルコ教団ができた。その教団における説教や考え方をあたかもイエスの言葉として福音書に挿入していることが、聖書学者たちの長年にわたる分析でわかってきたわけです。逆さに申しますと、聖書というのは必ずしもイエスの生涯、イエスの行動や言葉を事実そのままに書いているのではないのです。これはプロテスタント系であろうがカトリック系であろうが、現在の聖書学者たちの基本的な認識になっております。

一例を挙げますと、イエスが十二月二十五日にベツレヘムに生まれたというのは後からの付け足しです。どうしてそんなことをしたかというと、旧約聖書の中に「ユダヤ人を救うメシアはベツレヘムに生まれるであろう」という預言者の言葉があるので、「イエスはベツレヘムに生まれた」という形を取ったのです。イエスがナザレという町で大工として働いていたあたりからは事実であるけど、それ以前のことは茫漠としてわかっていないんです。そんなことも多少知るようになると、私はますます聖書が面白くなくなってきた。

ただ、それでも私がずうっと聖書を読んできまして、気づいたことが二つありました。まず一つは、イエスという人は、人びとの中にあって非常に無力の人だった。つまり、何もできなかった方だったという考えが、聖書には貫かれております。それから二番目は、イエスの活動期はほんの数年、三年くらいでしょうが、その間、多くの人から持て囃された一時期がありましたけれども、結局、誰も彼を理解しなかった。一番親しかった彼の友人や弟子たちも、彼のこと、彼の言うことを全くわかっていなかった。私は、聖書が言おうとしていることはこの二点に尽きるだろうと思っています。

なぜ、そんな考え方になったか？　不思議でも何でもありません。私はただ聖書に書かれてあるのを、そのまま読んでいっただけです。イエスは非常に単純なことしか言いませんでした。愛とか神、神の愛ということしか言わなかった。ほかのことは何も言わなかった方です。

ここがそれまでの預言者や旧約聖書などとは違うところで、それまでユダヤの人たちは、人間というものを怒ったり、罰したり、裁いたりする、そんな神のイメージを持っていました。それは、われわれ日本人にとっては縁の遠いような、威嚇的な民族神という感じがします。これに対してイエスは神の愛ということを教えたのです。

愛というものを語ることは非常に難しいですし、まして旧約聖書的な怒る神、罰する神、裁く神のイメージに慣れていた弟子や友人や周りの人びとは、イエスが何を言っているか、さっぱりわからなかったのです。

彼らは多くの誤解をイエスに持った。誤解というより、自分の勝手な夢を託したのです。当時、ローマ人がユダヤを占領していましたから、ローマを駆逐するメシア、つまり救い主を人びとは待望していた。ひょっとしたら、このイエスという男はローマ人を追い払ってくれるメシアになる人ではないかという誤解もあった。それから、現実的効果を求めるというかな、病気を治したりしてくれるのではないかと期待した。ときどき新興宗教のパンフレットとか新聞が私のところにも送られてきますが、たちまちにガンが治るとか、目が見えるようになったとか、そういう現実的効果を謳っているものが多いですね。昔の人びともそういったものをイエスに求めもしました。

人びとの期待は、イエスが本当に伝えようとしていることとは全く次元の違ったところへ結ばれていったのです。その期待の上にイエスを置いて、彼を持て囃した時期もあったのですが、やがて自分たちの夢はこの男には果たせないとわかった。大衆は残酷なものですから、彼を少しずつ見捨てていきますし、弟子たちも多くは彼から離れて、近寄らなくなってしまう。これは聖書にハッキリ書いてあります。イエスはごく少数の弟子とあっちこっちを放浪した挙句、やがてエルサレムで誤解にまみれながら無力なまま死ななくてはならなかった。

「神も仏もあるものか」から始まる

彼を裏切った弟子はユダ一人だけでなくて、十二使徒全員でした。十二というのは象徴的な数字で、本当はもっと大勢いたでしょう。全員がイエスを見捨てて、自分の身の安全を図ったというのが、私の『イエスの生涯』のだいたいの粗筋です。お読み頂ければもっと詳しく、なぜ私がそんな一見奇抜に見えるかもしれないことを言ってるか、よくおわかりになると思います。

もちろん、こういう私の考え方は、キリスト教一般の考え方ではありません。イエス・キリストは有力な人だったというのが一般の考え方です。しかし私は、この現実的世界においては、イエスは全く無力な人だったと考えているのです。

ですから、私は聖書に出てくるような奇跡などは、後から付け足した物語であるとまでは言いませんけれども、さほど価値を置いておりません。だいたい奇跡なんていうのは宗教とはあまり関係がないことだと私は思っています。

例えば子どもが死にかけているとします。もう父や母は必死になって神に祈る。なんとかして助けてやってくれと祈る。しかし子どもは死んでしまう。奇跡は起こらなかった。だからもう「神も仏もあるものか」と神の存在も否定してしまう、というのは、まったく宗教と関係のない考え方だと思う。

むしろ、そんな奇跡が起きなかったがゆえに、「神も仏もあるものか」というところからこそ神の存在を考え始めるのが宗教だと私は思っているので、聖書にあるイエスの奇跡物語などにも大して価値を置かないのです、たった一つ、復活ということを除いてね。

むしろ奇跡の話よりも、「慰め物語」というかな、そういったエピソードに私は心惹かれてきました。例えば、長いあいだ、男から男へ渡り歩いていた娼婦（しょうふ）がいる。イエスが船に乗ってガリラヤ湖の——琵琶湖（びわこ）などより、はるかに小さな湖です——湖畔にやってきた時、娼婦が彼を訪ねていって、涙をポタポタと落とす有名な箇所がありますね。イエスは「もういい」と慰めるでしょ、「もうわかった、あなたの悲しみはよくわかった、つらかったでしょう」と。ああいう場面の方が切々とわれわれに訴えかけてきます。

　聖書は文学的にも非常に巧(うま)く書かれているんですよ。私だと、その娼婦の心理を分析したり、涙がイエスの足を濡(ぬ)らすところなどは、いろいろ美辞麗句を並べて描写するでしょう。そこを聖書は美辞麗句なんか並べずに、ただ涙が彼の足を濡らしたという、たった一行で片づけることによって、かえって効果を上げています。その涙の中に彼女の半生の苦悩が、自分を罪深い女だと思って苦しんでいることなど全(すべ)てが、含まれている。

　あるいは、長血(ながち)を患(わずら)う女がいた。長血って何かよくわかりませんが、婦人病のようです。たくさんのお医者さんにかかったけれど、騙(だま)されるだけだった。お金もたくさん費やした。彼女もガリラヤ湖の畔(ほとり)に住んでおり、そこへイエスがやってきた。イエスのいわば華やかな時代のことでしたから、たくさんの群衆が取り囲みます。彼女はその群衆に紛れて、指先でちょっとイエスの衣に触れる。するとイエスはフッと振り向いて、「誰かが衣に触った」と言った。弟子たちが、こんなにたくさん人がいるのに、誰が触ったなんてわかるものですかと言うのですが、「いや、確かに触った人がいる」と。それでおそるおそる進み出た女を、イエスは慰めるのです。婦人病のせいで、男に愛されなかっただろう、子どももできなかっただろう、男を愛そうとしても自信がなかっただろう、そんな女の悲しみがちょっと触れただけで、イエスには伝わったからです。聖書には、それで病気が治ったと書いてあるけれども、しかし治ることよりも、女を慰めること自体に私は惹かれます。

たった指一本の中に、この女の長いあいだの痛苦が潜んでいる。その指が衣に触った時、イエスはフッと振り向く。他人の苦しみに対して敏感すぎるほど敏感なイエスの姿がとても出ています。こういう慰め物語の彼のイメージの方がわれわれの胸に迫ってくる気がするのです。

すべての愛というものには、現実的効果はありませんよね。政治の方が現実的効果はあります。愛なんて現実的効果はないです。当然、イエスの愛だって、例えば当時の社会体制をひっくり返すことはできないし、ひょっとしたら奇跡さえ起こせなかったかもしれません。

僕は奇跡にあまり大した価値を置かないから、イエスが奇跡を行なわなくたっていいのですよ。ここに病人がいたら、イエスは心底、治してやりたいと願う。そして病人が苦しんでいる横に一晩ずっと座ってやっている。そんな彼の方が、奇跡で治してあげるイエス像より、私にとっては、はるかに訴えてくるものがあるし、大切なのです。

イエスに現実的効果はないわけです。現実的効果がないから、無力の人です。無力な人というのは、民衆から必ず捨てられるのです。自分たちのために何もできない人だから。民衆は何か現実的効果を求めますから。カネが入ること。病気が治ること。生活が楽になること。そういった現実的効用を求めますからね。

イエスは現実的効果において不器用だったから、民衆からついに見捨てられ、石を投げられる状態になります。鳥は帰っていく巣があるのに自分には戻っていく巣さえない、預言者は故郷に入れられずといった、彼の悲しい言葉が聖書の随所に鏤(ちりば)められております。イエスはナザレで崖(がけ)の上から突き落とされそうになったり、たっぷりと世間から見捨てられた者の悲哀を嚙(か)みしめなくてはならなかった。最終的には十字架に磔(はりつけ)になるけれど、その時にはユダだけでなく、すべての弟子が彼を見捨てて四散していました。つまりこの地上の世界においては、ハッキリ言うと、彼はすべて失敗したのです。

弟子ズボラの物語

私は聖書を読み返すうち、だんだんイエスではなくて、イエスに触れた人間たちの方を主人公にして読むようになったんです。そうすると、私みたいな人間も弟子の一人にいるような気がしてきた。

私が弟子だったら、やっぱり彼のことをわからなかっただろうし、彼についていれば、何かいいことがあるのかもしれんというので、ついて行っただけでしょう。ひょっとしたら金儲け（かねもう）できるかもしれんとか、いろいろ欲をかいてついて行く。でも、イエスが殺されそうになったら、一目散に逃げる。私はそんな弟子だろうし、実際そんな弟子もいただろうし、おそらくはみなさんもあの時代に生きていたら、そんな弟子になるだろうと思う。

そこで私は「十三番目の使徒」という小説を書こうと思い立ったんです。弟子の名前をズボラとまで決めた（会場笑）。デボラって名前があるから、ズボラもいかにも向こうの名前に聞こえるでしょ。これは名前通りズボラな男で、ぐうたらと怠けてばかりで、そのくせイエスが捕まった時は飛んで跳ねて一番先に逃げていった男。そんなズボラの物語を書こうと思っていました。これはついに書かなかったのではなくて、ほかの小説に分散して書いたために、ズボラ君は拡散霧消して、いなくなっちゃったんです。

聖書の面白さは、イエスをいったん裏切った弟子たちが、あのまるで役に立たなかった男、無用な男、人生すべてに失敗したような男を忘れることができなくて、いつまでもその人のことばかり考えて、最終的にはその人のために殺されてしまう人生を歩むことです。弟子たちの多くは、死んだイエスから離れられなくて、結局そのために殺されていきます。

私の言葉で言うなら、そんなぐうたらたちが、なぜぐうたらのままでありえなかったか。そこが聖書の面白さというか、私にとっての大きな問題点でした。いったいなぜ彼らは、あの無用な人、無役な人、無力な人を忘れられなかったのか？ 僕ならば、自分の先生がそんなに無力で役に立たない人だったら、さよならと言った後は、すぐに忘れてしまうでしょう。なのに、彼らは自分の先生を忘れられないどころか、一生を貫く何かになってしまった。ここが聖書の大きな宿題であるような気がしました。それを自分なりに解こうとして、『イエスの生涯』と『キリストの誕生』という二つの本を書くことになったのです。

地上で何もできなかった男

非常に簡単に私のイエス観をお話ししました。なぜこんな話をわざわざしたかと言いますと、ジョルジュ・ベルナノスの『田舎司祭の日記』の主人公の司祭もまたイエス同様、この地上ではすべてのことに失敗して死んでいく青年だからです。申し上げたように、この小説は私もよくわからないのです。難しい会話が出てきまして、それは言葉がわからないのではなく、それを発言している人たちの心理がよく私に摑(つか)めないのです。

『田舎司祭の日記』は一九三六年、日本で言えば昭和十一年に刊行されました。若いけれども非常に体の貧弱な神父が、田舎の教会の司祭になります。自分の教会に属する信者が住んでいる場所を教区と言いますけど、彼の教区は貧しい村に過ぎません。しかし、どんな貧弱な村でも彼にとって全世界になりますよね。その全世界で彼は一所懸命、自分の責務を果たそうと頑張るわけです。

彼の理想はもちろんイエスなんだけど、彼は何をやっても失敗するのです。何事も一所懸命やるのだけども、何をやっても役に立たない。村の者たちからは、ひそかに軽蔑され、憎まれ、疎んじられていきます。それでも彼は常に一所懸命やるわけ。しかも彼はいつも胃が痛むんです。時どき、血を吐きます。しかし、誰かが自分を求めているんだと思うと、自分に鞭打つようにして駆けつけるのです。

つまり、あのイエスが、誰か病人や不幸な者が自分を求めていると、そこへ出かけて行かざるを得なかったように、自分の全世界であるその村で、自分が求められていると思うと、やはり行っちゃうのです。しかし結局は役に立たないんですよ。役に立たないどころか、相手を傷つけてしまう時さえある。はっきり言うと、彼はその村ではダメな神父だったわけです。健康でもなく、才能もなく、頭もいいとは言えない。

やがて、神学校時代の友だちで、今は病気のために還俗した男から、会いに来てくれないかという手紙を貰って、その友だちのいる町へ駆けつける矢先に、体が非常に悪くなります。インチキ医者にかかって、胃がんだという宣告を受けて——実際に胃がんだったのですが——、その友人の狭く汚い家で、友人と同棲している女性とに看取られながら、血を吐いて死んでしまいます。死ぬ間際に、私の生涯はすべて神の恩寵でした、神の愛でした、と言い残す、というのがだいたいの筋です。

この地上で何にもできなかった男、無用だった男、無力だった男が主人公なのです。しかも最終的には、"Tout est grâce."、すべては恩寵だという言葉で締めくくられる。

イエスは十字架上で最後に「主よ、わが魂をみ手に委(ゆだ)ねたてまつる」と言いました。これは、田舎司祭の最後の言葉と同じような意味ですね。み手に委ねたてまつる。すべては恩寵なのだから、神の愛だから、というのと同じです。

人生の崇高な部分を

今、私の『イエスの生涯』とベルナノスの『田舎司祭の日記』を繋(つな)げるようにしてお話し申し上げましたが、これでベルナノスが言いたかったことがおわかりになったかと思います。つまり、一人の田舎司祭という者を通して、イエスの生涯が書かれており、また逆に申しますと、イエスの生涯と類似した田舎司祭の一生が書かれているわけです。愛に生きて、愛の無力さをこの地上で嚙みしめつつ、しかしそれ故(ゆえ)に、いつの間にかより高き次元に入っていった一人の男の生涯が語られていると言ってもいいでしょう。

このベルナノスの小説を、また違った読み方をする人もいるかもしれません。しかし、『田舎司祭の日記』はロベール・ブレッソン監督で映画になりましたが、明らかにブレッソンも私の申し上げたようなイメージで映画を作っております。

以前お話ししましたように、この映画が最初に公開された時、ちょうど私はリヨンに留学中で、ブレッソンの講演がついた上映会に行ったことがあります。私は当時、まだイエスを無力の人だとか思っておりませんでしたが、いま振り返ってもブレッソンが描き出した田舎司祭のイメージ、ひいてはイエスのイメージは私が申し上げたものとそんなに離れていないように思います。

端的に申し上げて、今まで読んできた五つの小説の中で、『田舎司祭の日記』は一番みなさんにとって縁が遠い小説でしょう。ですから、必ずしもこれはお読みなさいとはお薦めしません。しかし、いつか機会がありましたなら、こういうキリスト教小説もあるのだと思い出して下さい。

ほかのキリスト教小説の場合は、普通の小説同様、神父とか聖職者を主人公にするのは避けています。普通の小説家のように、平凡な男と女の関係などを通して人間を観察するという形を取っています。『テレーズ・デスケルウ』も『事件の核心』も『情事の終り』もそうでしたね。しかし、『田舎司祭の日記』は、聖職者とイエスの目に見えない関係を描くような形で押し通しています。外国の読者には腑に落ちるのかもしれないけど、日本の読者にはやや向かないところがあるかもしれません。愛に打ち込み、愛の無力を味わい、すること、なすことにすべて失敗して、最後は血を吐いて死ぬ。しかも、それに対して神は沈黙している。奇跡のようなことは起きず、現実的効果がある形では彼を助けてくれない。彼の善意、彼の意志、彼の信仰に対して、現実的には何の報いもないままなのです。さきほど例に挙げたように、子どもが病気の時、両親が一所懸命祈っても、現実的効果が何もなかったのと同じように。彼もまた一所懸命祈り、一所懸命つとめるけれども、何の効果もなかった。

そして、これはイエスもまた同じだった。イエスが神に祈っても、われわれが普通に言う意味での現実的効果はなかったと思います。イエスは弟子たちや周りの人たちから、現実的効果がないゆえに見捨てられました。『田舎司祭の日記』の主人公もまた、村の人たちから――村には伯爵家（はくしゃくけ）があるのですが、その伯爵夫人に自殺させてしまったり、すべては彼の思惑と違ってしまって――見捨てられて、イエスが一番悲惨な死を引き受けなくてはならなかったように、この青年司祭も世の中の隅っこの汚れた場所で、孤独に、痛みに耐えながら、血を吐いて死んでいかなくてはならなかった。しかし、いつしか彼がわれわれには真似（まね）のできない人生の崇高な部分を生きていたことも伝わってくる。そんなイエスの生涯との類似点がピシャッと重なっているところが私の心を惹いて、まだよくわからないところもたくさんありますけど、何回も何回も読み返している次第です。

六回にわたって、キリスト教小説を読んできました。最初から申し上げているように、別にキリスト教小説というものが、文学の中にあるのではありません。繰り返しになりますが、キリスト教の信者である作家でも、キリスト教の真理を証明するために小説を書いているわけではない。ただ文学を書くために、つまり人間を凝視し探求するために書いている。それは、ほかの作家と同じである。そして、人間の内部にはいろんな音や色があって、それをずうっと追いかけていくうちに、心理よりももっと奥にあるもの、無意識よりももっと背後にあるもの、そんな第三のディメンションに迫っていきたいというのが、キリスト教作家のひとしなみの気持ちだろうと思います。

人間を知るために、人間の内奥(ないおう)の第三の世界の中へ手を入れようとするわけです。そこを書くために、汚れきった、汚らしい、ドロドロと混沌(こんとん)としたところへ手を突っ込まないといけないために、作家は火傷(やけど)をするかもしれない。その火傷は、キリスト教信者としては非常につらいことかもしれない。そこでは文学と宗教が矛盾する場合もあるかもしれない。

しかし、人間の中のいい部分、美しい部分だけに音を鳴らすようなものだったら、それは本当の宗教じゃない。人間の汚れたもの、最も惨(みじ)めなもの、最もいやらしいものの、そういう目を背けたくなるものにも、きちんと音色を響かせてくれるようなものでなければ本当の宗教ではない。それにキリスト教が耐えられるかどうかという問題が、例えばモーリヤックの『テレーズ・デスケルウ』とかジュリアン・グリーンの『モイラ』などには現れている。

一番初めに申し上げたことを敷衍していこうと考えていましたが、話が飛び飛びになったり、それぞれの作品の間のコネクションを巧くつけることができなかったと思います。なんだかまとまりが悪かったようにお思いになる方もいらっしゃるでしょう。その点を深くお詫びいたしまして、講演を終わらせていただきます。どうもありがとう。

（於・紀伊國屋ホール／一九七九年六月一日）

『侍』

1980年／新潮社刊

　この作品は奥州の遣欧使節、支倉常長をモデルにしたが、その伝記ではない。彼の悲劇的な大旅行を私の内部で再構成した小説である。

　常長にとって、この旅行は、単なる旅行ではなかった。彼はヨーロッパの王に会いに行き、事実、エスパニヤ王やローマ法王に出会ったが、しかし本当に廻りあったのは惨めな「別の王」だったのである。私の主人公もまた同じだった……。

強虫と弱虫が出合うところ――『沈黙』から『侍』へ

新潮社から本を出すと、売れゆきの悪い本を売るために講演を頼まれます。しかし生まれたての赤ん坊がいい子か悪い子か、母親でもわかることではありません。ギャーギャー泣いている赤ん坊と距離が近すぎて、うまく判断ができないんです。今度の『侍』('80年／新潮文庫)には完成まで五年くらいかかりました。この小説について喋(しゃべ)れと言われても、まだうまく語るのが難しいのです。『沈黙』という小説についてなら、まだ語れると思うんですよ。もう十五年くらい前の作品ですから。

『侍』は去年の十二月三十一日に書き上げました。みなさんが紅白歌合戦を聞き終わった頃、夜の十二時を少し回ったくらいに最後の一行を書いたのです。五年かかったと言っても、毎日書いていたわけではなくて、ずいぶん遊んでもいたんですけど、さすがに最後の一行を書いた時は骨がガタガタガタガタと崩れるような感じがして、「ああ、やっと書き終えたな」と思ったものです。

年越しそばを食べて、そのまま寝ましたが、妙に寝つかれないというか、最後の四行がどうしても気になって、とうとう四時頃にガバッと起き上がりまして、最後の四行を書き直した時には夜があけて元旦になっていました。そんなことがあったので、少なくとも五年のうちの最後の一年いっぱいは『侍』にかかりきりだったなという気がしています。

強虫と弱虫

十五年ほど前に『沈黙』を書いた時、主題はいろいろありましたが、一つにはこういうことがあったのです。

人間は〈強虫と弱虫〉の二種類に分けられるだろう、と私は思ってきました。私は強くないし、信念を貫き通せる人間でもない。信念というものを持ってみたいとは思うけれど、周りから圧迫をうけるとすぐヘナヘナになる人間です。つまり、弱虫なのです。強虫――そんな言葉はありませんが――なら、どんな目に遭っても信念を貫き通せる。

私は弱虫です。小さい時から、ずっと弱虫で生きてきました。実に臆病な男です。

いつぞやも家族で寿司屋へ行きましたら、とつぜん地震がありまして、気がついたら私だけが箸と皿を握りしめて外へ逃げ出していた。地震はすぐおさまったので箸と皿を持って寿司屋に戻りますと、店中の客が笑っていて、家族だけがしょんぼりとうなだれておりました（会場笑）。

そんな私でも若い頃は、「弱虫のままじゃいけない」と自分を叱咤激励したものです。母親から「性格を直せ」とずいぶん言われて、かなり奮闘努力もしました。だけど、性格は直りませんね。いろんなものにぶつかって心にタンコブができると、どうしても弱虫のフラストレーションが溜まってきます。歳をとるにしたがって、「もう、弱虫は弱虫で生きていけばいいじゃないか」と開き直るようになってきました。

そして『沈黙』を書く前――これはあちこちで喋ったことではありますが――長崎へ遊びに行った時、たまたま踏絵を見たのです。踏絵を見たのはそれが初めてというわけではありませんでしたが、その踏絵はキリスト像が入った木の枠に足の指跡が黒々と残っていました。沢山の人が踏んだ中に、脂性の人もいたのか、黒い足指の跡が残っていたのです。

ご存じのように、踏絵というのは徳川家光の時代から始まったものです。当時、キリスト教の信者は日本に四十万から六十万人くらいいました。最初はイエスやマリアを描いた絵を踏ませていたのですが、紙は踏むと破れるので、銅板に彫らせるようになります。それを踏ませて、いわば思想チェックをした。

イエスやマリアの踏絵というとみなさんから遠い存在のように思うかもしれないけど、例えば恋人が描かれた絵、母親が描かれた絵を踏め、踏むまで拷問するぞ、踏まないと殺すぞと言われたらどうする、と仮定すればいいんです。誰が踏みたいか？誰が踏まないで信念を貫き通せるか？

より善く生きよう、美しく生きようと思って、みんなキリスト教の信者になったわけですよね。その善きもの、美しいものの象徴を踏めというのは、母親や恋人の絵を踏むのと同じですよ。しかも、踏まないとお前のみならず、お前の家族も殺してしまうという、そんな精神的拷問によって、踏んでしまった人は大勢いたでしょう。

長崎で見た、踏絵の木枠についた指の跡のことを、東京へ帰ってからも私は忘れられませんでした。夕べに散歩する時、夜に酒を飲む時、黒い指跡が目に浮かびました。

そして三つのことを考え続けたのです。誰だって考えるようなことを、私も考えた。ひとつは、「あの足跡を残した人はどんな人だっただろうか？」。次に、「踏絵を踏んだ時、どういう気持ちだっただろうか？」。そして、「私がその立場にたたされたら、踏むのか？」。

強い信念を貫き通すより、踏む可能性の方がはるかに高いと思ったな。拷問は苦しいだろうし、やはり家族まで殺されるのは可哀そうです。私は弱虫なのです。これは、今日会場にいらっしゃるみなさんの三分の二は私と同じだろうと思う。そして、踏絵を踏んで足の指跡を残した人は、さぞ足が痛かったろうと思う。私は、その痛かった足の苦しみと悲しみが、黒い指の跡に残っているような気がしてならなかったのです。

小説というのは、やみくもに書くのではなく、自分の視点から書くものです。カメラを撮る時と同じですよ。みなさんだって、どこにカメラを持って立つか、どこから写すか、どんな写真を撮る時でも考えるでしょ？　そして『沈黙』は、〈迫害があっても信念を決して捨てない〉という強虫の視点ではなくて、私のような弱虫の視点で書こうと決めました。弱虫が強虫と同じように、人生を生きる意味があるのなら、それはどういうことか――。これが『沈黙』の主題の一つでした。

憐憫と愛情は違う

この〈強虫と弱虫〉というのは、『沈黙』以後も私の大切な主題になったのです。強虫にはもちろん敬意を払いますが、私は強虫になれないだけに、弱虫への共感をずっと持ち続けました。そして、なぜ強虫は強くなれたのか、弱虫は生まれ持った性格的なものなのか、そんなことを考え続けてきた。

その結果、『イエスの生涯』と『キリストの誕生』を書くことになったんです。読者にとってキリスト教は縁が遠いし、アーメンものは売れないのですよ。でも、自分の課題だから書かずにはおられなかった。

もう少し詳しく言うと、それまでこんな私でも聖書は何千回と読んできました。でも何千回読んでも、いつも自分とは縁が遠いなと感じる部分がたくさんあったのです。それが『沈黙』を書いた後くらいから、ふと私と同じような人間——弱虫——が聖書の主人公だという視点で読み返してみようと思い立った。勉強もし始めました。すると、聖書が〈どうやって弱虫が強虫になれたか〉を書いた本として捉えられるようになったのです。

ご存じのように、聖書では、イエスという男がいて、いろんな弟子がついてくるけど、最後は十字架にかけられて死にます。仮にイエスは強虫としましょう。弟子たちは弱虫です。イエスの言っていることをさっぱり理解しないで、ただ人間的な魅力に惹かれてついてくる弟子もおれば、社会的に何かいいことがあるんじゃないかと思ってついてきた弟子もいる。彼らは全員、イエスが捕まると、慌てて姿を隠そうとします。イエスの最初の弟子で、まあ弟子の中でリーダー的存在だったペトロなどは、鶏が鳴く前に三度も「イエスなんか知りません」と言った。イエスの弟子とバレたら、自分も殺されると怯えたからです。このへん、踏絵をつきつけられて「足をかけないと殺すぞ」と脅されて踏んだ江戸時代の日本人と同じでしょ？　ペトロはまだマシな方で、他の連中は蜘蛛の子を散らすように逃げて行きました。

私にとって聖書のいちばん面白いポイントは、こうした弱虫の弟子たちがまた集まってきて、自分が裏切ったイエスという人のことを喋って、教えを広め、結局は迫害されて死んでいく、というところなのです。つまり、弱虫が強虫になっていった。なぜ、そうなれたのか？　そこが気になったので、私は『イエスの生涯』と『キリストの誕生』を書いたんです。あんなの、新潮社はよく出してくれたと思いますよ。もっとも、出すたびに講演させられましたけどね（会場笑）。

そうやって〈強虫と弱虫〉という主題を、私は大事に持って、育ててきました。いろいろ見ていくと、強虫というのは確かに強いのですが、他人を傷つけるのです。他人を傷つけても信念を曲げないためならやむをえない、というところがある。その結果、自分が苦しまないでいるかというと、すごく苦しんでいる強虫もいる。

一方、弱虫は周囲を傷つけたくないのです。傷つけたくないから弱いのだ、とも言える。

長患い（ながわずら）の女房を持つ男がいた、としましょう。幸か不幸か、私の女房はピンピンしているけどさ（会場笑）。お笑いになるけど、強い女房を持って、こっちが弱虫だと悲劇的ですよ（会場笑）。

長患いの女房がいて、外にも行けず、毎日のように「死にたい」と訴えてくる。夫も、可哀そうで仕方がない。とうとうある日、「殺してくれ」と言った。夫は「元気だしてくれよ」なんて慰めるけど、確かに何のために生きているかわからないなとも思う。次の日曜日、お祭りのある昼下がり、また「殺してちょうだい」と言われる。マンションの窓の外からは、お祭りのパレードの音が聞こえてくる。「もう生きていたくないの。お願い」。パレードの明るい音がだんだん近づいてくる。いつもの睡眠薬を十錠飲ませたら、こいつは楽になるんだ。音がますます大きく明るくなる。女房に薬を飲ませた時、パレードが窓の下までやって来る。

パレードなんか、どうでもいいんだけど、小説や芝居だと、ここは老夫婦にパレードが近づいてきた方がいいんですよ。わからない？（会場笑）

こんな老夫婦がいたとして、妻を殺すというのは憐憫からですよね。しかし愛情ではない。愛情はもっと努力や忍耐を要するものだ。憐憫は逃げようとするのです。今の場合だと、女房の苦痛から逃げるわけ。同じ意味合いで、「踏絵を踏むのは憐憫であって、愛情ではない」と言われるのはわかります。あくまで信念を守り通す方が本当の愛情で——（客席に向かって）お嬢さん、わざわざ鉛筆出して、私の言うことを書かなくていいからね。大したこと言ってるわけじゃない。え、私の言葉を書いているんじゃないの？　私の講演に来ているのだから、他のこと書いちゃダメよ（会場笑）。

悲しい顔をした男の肖像

ともかく私は、そんな信念を守り通す強虫の生き方も書いてみたいと思ったのです。弱虫、つまり憐憫という感情に従う人間と、強虫、つまり自分で自分の運命を作りあげていくような人間、そんな二人を小説に書いてみたくなった。

では、その二人がどこで何をすれば小説になるのか？　『沈黙』は長崎で踏絵を見たから書けましたが、今度はなかなかいい材料にぶつかりませんでした。ところが仙台へ行った時、支倉常長（はせくらつねなが）の肖像画を見たのです。彼がローマで描いてもらって日本まで持ち帰った絵です。

それまで私は支倉常長のことをよくは知りませんでした。仙台では伊達藩(だてはん)の英傑として有名で、徳川時代の初期に慶長遣欧使節団を率いて、海外へ雄飛した立派な人だと褒め称(たた)えられています。そんな英傑の肖像画なのですが、暗い顔、悲しい顔をしていました。いい肖像画だと思うけど、顔に悲しさが滲(にじ)み出ている。踏絵を見た時に、踏んだ人はどういう気持ちがしただろう、どんな人が踏んだのだろうと考えたのと同じように、なぜ支倉常長はこんな悲しい顔をしているのだろう、と私は思い始めたのです。

　彼がどんな人か調べていくと、一言でいえば、決して強い人ではありませんでした。周りの人を傷つけたくないために、ある運命を引き受けた人です。多かれ少なかれ、ここにいるみなさんと同じような人でした。太平洋を横断してヨーロッパへ渡り、役目に従ってキリスト教の洗礼を受け、どうにか故郷へと戻ってきたら、わずか数年のうちに日本の情勢は様変わりしていました。帰国から時をおかずに、支倉常長は死んでしまいます。あたかも鮭(さけ)が自分の運命に従って、必死に川を遡上(そじょう)し、川上で産卵するとすぐ死んでしまうように、常長は亡(な)くなっていった。

　立派な英傑と伝えられる人なのに、どこでどんな死に方をしたのかさえわからないのです。墓もあちこちにあって、どれが本物かわからない。仙台市は姉妹都市のアカプルコにもマニラにも彼の銅像を建てていますが、建ててもらうにしてはあまりにも謎に包まれた死ですし、悲しい運命です。行死とも、殺されたとも言われていて、未だにはっきりとしません。間違いないのは彼の息子が切腹させられたことだけです。

一方、常長についてローマへ行った宣教師のソテロは、日本に布教するためには何でもしてやろうという野心家でした。日本人を騙し、常長を騙した強虫です。彼は禁教令が敷かれた日本へわざわざ帰ってきて、捕まって処刑されます。

運命にただ従っていった弱虫の支倉常長と、自らの運命を作り上げていこうとした強虫の宣教師ソテロ。「あ、この二人なら、ずっと考えてきたテーマにぴったり合うんじゃないか」と思って、『侍』を書き始めたのです（注・『侍』では、それぞれの名前は長谷倉六右衛門とベラスコ神父）。

私を託して書けた

しかも、支倉常長って人は材料というか、資料がないんですよ。多少はあるけど、あんまりない。これは小説家にとって嬉しいことです。ある人物について正確な資料が揃っていると、私自身を託して書くことができなくなります。しかもこの人は材料があまりないのに、要所要所にだけ、私が後ろからおぶさっていくのにもってこいの材料があるのです。

支倉常長は太平洋を渡ってヨーロッパへ行った最初の日本人です。厳密には最初ではないけど、最初の日本人たちの一人です。大西洋側からヨーロッパへ行った日本人は安土桃山時代からいましたが、太平洋を渡って行ったのは初めてです。そして、フランスへ足を踏み入れた最初の日本人でもあります。

私は戦後最初のフランス留学生でした。ヴィザを貰うのに一年もかかり、三十五日もかかる船旅で行きました。もう南アフリカの喜望峰を回る必要はなかったけども、インド洋からスエズ運河を通り抜け、地中海を横切って南仏を目指すという大船旅でした。まだ向こうには日本大使館もないし、何の情報もない時代です。

フランス語で、英語の「ハウアーユー?」を「コマンタレヴ?」とか言うでしょ。私は慶應の仏文で、それを「コマンヴポルテヴ?」と習っていた。向こうでそう挨拶したら、友達が「お前、何を言うとる」って大笑いしましたよ。「そんなの、一九世紀の言葉だぞ」。日本で言えば、外国人がいきなり「貴殿のご機嫌は麗しゅうて候や?」と言うようなものだったわけです。

見るもの聞くもの、ひたすら驚いてばかりでした。二〇世紀の私でそうだったのだから、支倉常長もさぞ吃驚(びっくり)したでしょう。石の建物を見て、腰を抜かしたと思う。でも、向こう側の資料も残っていましてね、常長がハンカチで鼻をかんで道に捨てたら、それをフランス人が拾って持って帰った、と出ている。ハンカチでなく、懐紙か何かで鼻をかんだのでしょうが、常長が丸めて捨てた紙を拾っているんだね。それから、夜に寝る時は裸で寝ている、ともある。常長は東北の人だから、裸で寝ていたんですね。

常長はヨーロッパの文明の全(すべ)てに驚きの連続だったでしょうが、そんな中で、ヨーロッパの最も本質的なもの、キリスト教にぶつかってしまいます。

常長にとって、お役目は黙って引き受けるものだから、役目のために洗礼を受けます。何よりもまず貿易をするためでした。キリスト教が何かなんて、彼はよく知らなかったでしょう。でも、それはヨーロッパの本質を彼が肩に背負ったということでした。そのことが自分の運命をどう狂わせるかもわからずに、背負ってしまったのです。

私も何もわからないまま、洗礼を受けました。子どもの頃、母に言われるまま、「飴(あめ)くれる」って言うから、神父のところへ行った。アーメンの話なんか、訳がわかりませんよ。実際、みんな居眠りしていました。あとで野球するのを楽しみにしていたら、頭から水をぶっかけられて「洗礼だ」と（会場笑）。本当ですよ。母親を傷つけたくないから、そのままになっただけです。もう少し大きくなっていれば、自分の思想があって「嫌だ」と言ったかもしれないし、実際、「そのうち捨てたろ」と思っていました。こんなバタ臭いもの、ずっと捨てようと思いながら、今日まで来たんです。捨てるに捨てられず、かえって拘泥して、キリスト教と日本人のことばかり小説に書いてきた。常長も訳がわからないまま洗礼を受けたけど、後になって、キリスト教を捨てられなくなるのです。ここも私と同じで、私をかぶせられるなと思いました。初めて西洋に行った日本人だった。西洋の本質と、よくわからないまま、ぶつかってしまった。この二点で、私にとって、常長はどんどん身近になってきたのです。

人はたくさんの運命を生きられない

この歳になるとよくわかりますが、人間はたくさんの情熱を生きられません。たくさんの思想や、たくさんの運命を生きられないと言ってもいいでしょう。自分と本当に関係した思想でしか生きられません。

パッパと女房を替える男もいるけど、あれは結局、同じ女じゃないですか？「俺は額にコブのある女は嫌だ」と言って離婚して、次に結婚した女は額にはないけれど、お尻にコブがあったりする（会場笑）。人間はたくさんの伴侶と生きられないように、たくさんの宗教や思想とは生きられない。

これはいいことか悪いことかわかりませんが、私にとって、キリスト教は縁の遠い洋服だった。しかし、それを脱ぐことはせず、どうにかして自分の身に合った和服に変えようとしてきた人生でした。それが私の運命です。でも、こんなことって、みなさんの人生にもあるのではないでしょうか？

『侍』で強虫と弱虫を追いかけるように書いていくと、史実も実際そうなのですが、強虫と弱虫が互いにオーバーラップしていったのです。富士山に西から登る人と北から登る人がいて、頂き近くになって初めて互いの顔が見えてきて、声を掛け合う。目指す頂きが同じだということもわかってくる。そうやって強虫と弱虫が出合う接点が『侍』の最終章に向けて出てきます。

書く前は、強虫と弱虫の区別があったけど、強虫の弱い部分、弱虫の強い部分が私にわかってきました。これは傲慢な言い方かもしれませんが、人間というのは誰しも変わりがないんだ、という気が今はしているのです。

最終章で、強虫が死ぬ前に弱虫のことを思い浮かべながら、「同じところで会うことが出来る」という意味の言葉を呟きます。これは、私にとって、とても重大な言葉なのです。読んで頂けたら嬉しいです。

「遠藤は自分の本を『読め、読め』と言いすぎる」って、人のことを欲深じいさんみたいに言う友達がいるんですよ。そこで私は「お前は、そんなに自信がないのか、さては読まれて困るものを書いているな」なんて反論するのですが、正直に言いますと、私にも読んで貰いたくない作品はあるんです。でも一所懸命書いて、訴えたいことがある作品は読んで貰いたい。『侍』はそんな小説です。

もう、次の小説も準備しているんですよ。『沈黙』の前あたりから私が築いてきたものが、『侍』で固まってきたと思っています。逆に言うと、『侍』の欠点は考えが固まったことです。「読め」なんて言っておいて、欠点をあげるのもおかしいけどね（会場笑）。『侍』は自分が今日まで生きて、考えてきたこととの総決算、総結集の作品ですが、何と言うか、自分の考えが出来あがったのが不満なんですよ。

だから、次の小説では自分自身へガタガタと揺さぶりをかけてみたいのです。『沈黙』から『侍』まで、お前が築いたという信念は本物なのかどうか、揺さぶってみたい。

そこでは、私のような小説家が出て来て、ふとした不安にかられて、トーマス・マンの『ヴェニスに死す』の小説家のようにおちていくでしょう。おちていっても、なお今日までかかって彼が考えてきたことは彼自身を支えていけるのか、という小説を書いてみたい。書かなくちゃいけない。

ご承知のように、私は清潔ムードで売っている作家で（会場笑）、あまり男女のことを書いてきませんでした。『侍』でも『沈黙』でも女性はほとんど出てきません。でも、今度は肉欲のことも書きたいのです。「不潔な本！」とか「これ以上、読みたくない」とか言われて、壁に放り投げられるような小説になるかもしれない。まあ、不潔ってことはないだろうな、人格が立派な男が書くのだから（会場笑）。ともあれ、今そんな小説を考えています。また五年くらいかかるでしょう（注・この構想は『スキャンダル』〈'86年／新潮文庫〉として結実した）。強い揺さぶりをかけても自分を支えられるのなら、今日まで考えてきたことが本物だと思えるのでしょうか。まず、これまでの私の総決算として『侍』を読んでみて下さい。

（於・スタジオ２００／一九八〇年五月三十日）

著者の言葉

『スキャンダル』

1986年／新潮社刊

五年前『侍』を終えた時は、次に自分がこんな小説を書くとは思ってもいなかった。だがその頃から、私は自分が創りあげた文学世界をどうしてもゆさぶりたい衝動にかられたのである。衝動は抑えようとしても抑えきれなかった。

けれどもこの作品の重要テーマの一つは、若い頃リヨンに留学していた時から既に私の心にひそかにあったのだ。それが三十数年後に面をとってその顔をあらわに見せたのである。

本当の「私」を求めて

今日は後で、みなさんが楽しみになさっている水上勉さんの講演がありますから、私が前座をやります。すぐ本題に入りますが、まずお伝えしておきたいことが一つあります。

以前、水上さんと柴田錬三郎さんが講演旅行をしたことがありまして、先に登壇した柴田さんが、「人間、米の飯をたくさん食うようでは頭が悪くなって、どうにもならない。そういうやつはウンコが重くなって水に沈むから、すぐにわかる。水に沈むウンコをするやつは頭が悪いし、偉くなれん。そこに行くと、後で出てくる水上勉という男は、名前通りスイジョウベンで水の上に便が浮く、実に頭のいい男だから、彼の話をよく傾聴して下さい」と紹介した（会場笑）。水上さんは何も知らずに後から出て来て、「水上勉です」と挨拶するだけで聴衆みんなが笑うけども、なんで自分が笑われるのかずっとわからなかった。今日はこのことだけは、水上さんの講演を楽しみにしているみなさんにぜひお伝えしたかったのです。まだ水上さんが来てないから言える（会場笑）。

すぐ本題に入りますね（会場笑）。

六年くらい前、『侍』という大きな小説を書いた頃から、私は自分にある不満を持ち始めておりました。そんな時はみなさんにもおありでしょうが、自分はこんなことでいいのだろうか、このままでやっていていいのだろうか、という不満です。

そういうと抽象的に聞こえるかもしれませんが、こんな出来事もありました。その頃の夏、私が山小屋に閉じ籠っておりましたら、近くの温泉地でやはり仕事をされていた評論家の山本健吉さんが訪ねてきてくれました。毎日のように霧雨が続く憂鬱な夏の終りで、その日も雨が降っていました。山本さんも沈鬱な顔をされていた。

二人で酒を飲み始めたのですが、やがて山本さんが重い口を開いて、

「小林秀雄さんから、お前は死支度をやっているのか、と問われたんだ」

と言うのです。つまり、文学者はある年齢になれば死支度になる作品を書かないといけないぞ、と言われた。山本さんは、「自ら省みるに、死んでも残る仕事に本腰を入れて取り組んではいない」と苦しそうに言うのです。私は吃驚しました。山本さんには立派な仕事がたくさんあります。「今までのお仕事にご不満がおありですか？」

と訊ねると、山本さんは「全然満足していないんだ」と。

これは私もそうなのです。私は小林さんや山本さんよりはずいぶん年下ですから、まだ死支度をやっていないというより、自分の現在の状態にまるで満足ができておりませんでした。つまり自分の考え方や生き方が——動脈が硬化するように——硬化して、ある一つの型に嵌められていくように感じていたのです。そもそも私は型に嵌められるのが嫌いで、跳ね返っていろんなことをやってきた男ですが、このままでは作家としても、人間としても、硬化してしまう恐れを覚えておりました。

文学世界でも人生観でも、これまで自分なりに築き上げたと思えるものはあって、その上にあぐらをかいていれば、無難に大過なく生きることができる。そんな安心感もなくはなかったのですけども、これがクセモノで、その安心感こそが私に、「こんなことでいいのか、このままでいいのか」という気持ちを起こさせたのだと思います。

そんなふうに思い始めた頃から、「俺って、いったい何だろう?」と考えるようになりました。それは作家ですから、これまでにも「俺って、どんな人間だろうか」などと考えたことはあるのですが、もっとヒリヒリと、もっと頻繁に、考えるようになったのです。

外面と内面

俺はいったい何だろう、という疑問は、つまり「ホンモノの自分」とは何かということですよね。

簡単に言うと、みなさんにも「外面（そとづら）」ってありますね。会社とか組織の中で見せる顔がある。私は作家ですから、組織に属してないし、個人でやる仕事ですが、それでも出版社や新聞社の人たちに見せる外面がある。非常にいい人に見えるらしいし、家庭でも私は非常にいい顔を見せます（会場笑）。みなさんも同じようにふるまっていると思います。会社ではよく働き、真面目（まじめ）に仕事をこなし、家庭ではいいお父さん、いいお母さん、いいお嬢さんでしょう。

一方、「内面（うちづら）」というものもある。家（うち）で見せる顔のことじゃないですよ。僕なんか家庭では絶対に見せないもの（会場笑）。お笑いになるが、みなさんだって、家族に内面を見せたら大変ですよ。どれだけ傷つけてしまうか、わからない。みなさんの中に、家庭でワガママにふるまっている人がいたとしても、それはワガママにふるまっているフリをしているだけじゃないですか？

内面というのは、自分しか知らない自分のことです。家族も知らない、親友も知らない自分です。正宗白鳥（まさむねはくちょう）という作家が「人間は誰でも一つや二つは絶対に、死ぬまで人に打明けたくない秘密があるものだ」と書いています。私のとても好きな言葉です。

みなさんにもそんな秘密があるでしょ？　「私、紀伊國屋書店で文庫本を万引きしたことがあるの」（会場笑）。そんな簡単なことじゃないんです。確かに、他の人が聞いたら「なによ、そんなささいなことで」と言われることかもしれないけども、自分にはとても大切な秘密だし、コンプレックスになっているかもしれないような、誰にも打ち明けられない秘密。それが自分しか知らない自分です。

お通夜（つや）かお葬式でよくあるでしょ、いろんな人が――例えば私が死んで、いろんな人が私の思い出を語ってくれる。私はお棺に入って聞いている（会場笑）。「遠藤はいいヤツだった」「いや、悪いヤツだったよ」「悪いと見せかけて、いいヤツなんだよ」「いやいや、それがあいつのテクニックで」なんか言ってるところへ、私がお棺のフタを動かして「それだけじゃないぞ！」って立ち上がる（会場笑）。

家族、友人、同僚、先輩、後輩、近所の人、ケンカ相手、嫌いな人、彼らが見ているあなただけが、あなたではない。むしろ、彼らが見ているのはあなたの影でしかないかもしれない。あるいは、彼らが見たイメージの集積が死後のあなたの存在そのものになってしまうかもしれない。しかし、「それだけじゃない」という部分は誰にでもあるでしょう。抹香くさい言葉で言うと、それが神さまにだけ見せる部分なのかもしれません。

伝記というのがありますね。私も小西行長（『鉄の首枷』〈'77年／中公文庫〉）とかペドロ岐部（『銃と十字架』〈'79年／P+D BOOKS〉）とか、何人かの伝記を書きましたが、いつも思うのは、はたして本当の彼らを書けたのかということです。社会や歴史に残っている、他人の眼に映った彼らの影を書いているに過ぎないのではないか？本当の彼らはそこからハミ出しているのではないか？ そのハミ出ている部分が彼らの内面だと言っていいのかもしれません。

無私なんてない

ともあれ、内面というのは第一に、自分しか知らない自分ですね。ところが内面には、自分も知らない自分、自分が気づかない自分というのもある。

だいぶ前のことですが、御殿場にあるハンセン氏病の病院へ小説の取材に行ったことがあります。そこはキリスト教の病院で、もう二十年も看護しているという修道女の方が案内してくれました。

晩秋の夕暮れ時で、長く寒い廊下を歩いていましたら、おばあさんの患者さんがチラッと現れて、すぐ隠れたんですね。修道女の方が「あ、山田さん、山田さん」と呼んで、私に紹介してくれた。そして、山田さんの手を——病気のために曲がっている手をとって、「神経痛で痛いのに、いつも私たちの包帯巻きを手伝ってくれるんですよ」とさすってあげたのです。その時、ふと山田さんの顔を見ると、ものすごく苦痛の色を浮かべていた。アッと気づいたのですが、山田さんにとって、私のような院外の者の前で自分の曲がった手を晒されるなんて、とても恥ずかしくて辛いことなんですね。私はそういう心の動きがあるのを、恥ずかしながら知らなかった。修道女も知らないでいる。

これは批判しているのではないのです。ただ、患者さんの手をさすっているという行為には、いたわる気持ちや優しさと同時に、自己顕示や自己満足や虚栄心みたいなものも混じっている。それは、修道女自身だって気がついていない。決して非難しているんじゃないですよ。人間である以上、いいことを自己満足などなしに、完璧に無私でやれるとは私は思わない。「いや、私は無私でやっている。自己顕示欲なんか全然ない」という人がいたら、嘘つきだと思う。人が素晴らしいことをやる時、エゴイズムは必ず混じるでしょう。これは人間の業（ごう）みたいなもので、仕方がないし、それでも素晴らしいことをやっているのに違いはないし、私は尊敬します。しかし問題は、その修道女が自分のエゴイズムに気づいていないという点です。

こういうこともあります。よく「こんなに愛しているのに、何が不満なの？」とか「こんなに正しいことしているのに、どこが悪いの？」とか言うでしょ？　でも、愛されることが重荷になることがあるんですよ。あまりにも愛されるのはつらいんです。まあ、みなさんはあまり経験ないだろうが、僕は経験が多いからね（会場笑）。河合隼雄（かわいはやお）さんという私が尊敬する深層心理学者がいますが、彼のところに女子中学生が来た。とてもいい子で、「お母さん、好き？」「好きです」「尊敬してる？」「尊敬してます」と言う。いろんな話をしていて、「最近、どんな夢を見た？」と訊（き）くと、「肉のかたまりが落ちて来たから、苦しくてもがいている夢を見たんです」と。さらにあれこれ話をするうちに、「あなたはお母さんが息苦しいんじゃないの？」と訊いたら、その子はとても吃驚していたけど、やがて「ええ」と頷（うなず）いたというのです。

お母さんのことは好きだし、尊敬しているけど、無意識のうちに重荷に感じて来て、同時に重荷と感じてはいけないとブレーキがかかってもいる。それで、夢の中に肉のかたまりが出てきたんですね。ここに年頃の娘を持つお母さんがいらしたら、家に戻って訊いた方がいい、「最近、肉の夢見ない?」(会場笑)。その肉が高いヒレ肉か、安い挽肉かも訊いた方がもっといいのです。嘘ですよ(会場笑)。

ふいに顔を見せる

河合先生ほどでは全然ないけど、私も喋っている相手の心理がわかることがあります。私は対談が好きだし、巧いんですよ。新潮社は出してくれないんだけど、ほかの出版社から出ているから読んでみて下さい(会場笑)。なぜ巧いかというと、対談している時、あまり相手の話を聞いていないのです。話を聞かずに、ボディランゲージに注目しているんです。ボディランゲージというか、無意識にしている動作ですね。相手の動作をパッと読み解いて、意表をつく質問をしていくのです。それが対談する楽しさだし、僕の対談集にはそんな面白さが滲み出ていると思うな。新潮社以外から、そんな面白い本が出ている(会場笑)。

でも、ボディランゲージに出るような無意識は簡単なんですよ。もっと深いところで働いている無意識がある。自分の気づいていない自分がいる。そんな自分は、いいことをしていると思いながら、相手を傷つけている。愛していると思いながら、相手を不幸にしている。そんな自分に気づいていないから、自分はいいことをやっていると信じられるし、正義の味方だと信じられるし、他人や社会をジャッジできる。まあ、そういうところがないと批判とかはできないのかもしれないけどね。しかしそれは大説家のすることで、小説家は「自分も知らない自分」にこそ興味を持つのです。

自分の知らない自分のもう一つの特徴は、いつも顔を見せているわけではない、ということです。それはふいに現れます。

昔、小説に書いたことがあるエピソードですが、こんな友人がいました。彼は学徒兵として中国戦線に送られまして、中国人捕虜を銃剣で殺す訓練をさせられました。学生あがりの兵隊にとって、無抵抗の捕虜を殺すなんて本当にイヤでつらいことです。けれど軍隊では命令は絶対ですから、彼はそれをやらざるを得なかった。そして、その事実を意識下に抑えつけたのです。自動車事故なんかでも聞くでしょ、ある時間が空白になっている。あれは忘れたわけじゃないんだ、抑えつけているだけなんです。彼もそうだった。

戦争が終わって、彼は復員し、大学に戻り、いい会社に入ります。結婚して、いい亭主、いい父親になり、家も建てました。その新築の家に引っ越した翌朝、便所で――和式便所でしたから――しゃがんだ。しゃがんだ途端、身体が硬直して動けなくなった。奥さんが発見して大騒ぎになったけど、病院でレントゲンを撮ってもどこも悪くない。筋肉も心臓も他の内臓も脳もどこも悪くなかった。神経科に行って初めて、過去にそういうことがあったのが原因だとようやくわかった。便所でしゃがんだ時、つまりあの無抵抗の捕虜が自分の前でしたのと同じ姿勢をとった時、自己懲罰の気持ちが働いたんです。無意識にあるものは消えないのです。火山のように突然、噴火するんですね。

　そういう抑えつけている自分、隠している自分、ふいに現れる自分というのは、自分が世間に見せたくない自分ですよね。世の中から顰蹙（ひんしゅく）を買うような自分、これまでの自分のイメージが崩れるような自分です。だから意識の底へ抑えつけておく。どなたにもあることですよね。正宗白鳥が「人間は誰でも死ぬまで人に打明けたくない秘密がある」と言ったのは正しいのです。どんな人間にも秘密の顔がある、と言い直してもいい。

　当然、これはきれいな自分ではありません。汚い、ドロドロした、さまざまな欲望が集積してできた自分です。欲望の赴くままに生きると、世間から爪弾（つまはじ）きにされ、周囲の人間を傷つけ、生きる場所がなくなるでしょう。私が家で欲望の赴くままに行動したら、女房からすぐ張り倒されますよ（会場笑）。社会生活や家庭生活を送るためには、抑えつけておかないといけない自分がいる。

今日は女性の方が多くお見えですが、みなさんは何の要素が強いですか？　女ですか、妻ですか、母ですか、娘ですか？　例えば母の要素が強い人は、女の要素を抑えつけはしないまでも、他の人に見せたくないのではありませんか。しかし、それも自分には違いないのです。それを抑えつけようとするのが、道徳や常識と呼ばれるものであり、社会的約束なのでしょう。そして、そんな道徳や約束の集積の中で生きているのがわれわれ人間ではないでしょうか。

魔的なXが助けてくれる

外面と内面、どちらが本当の自分とは言えないのだと思います。

世間に見せている自分、世間でこう見て貰いたいと努力している自分、きれいでない部分を抑えつけてできあがった自分も僕自身、あなた自身でしょう。けれど、抑えつけられている自分こそ、素顔の自分かもしれない。それを否定はできない。あまり強く否定し過ぎると、ノイローゼになったり精神的な病に罹ったりしかねません。

こういう人間の二つの顔について、数年前からずっと考えてきました。考え始めてから敏感になってきたことがあります。

例えば、小説を書いている時のことです。私は寡作で、シリアスな小説は五年に一作くらいしか書きませんが、書いていると壁にぶつかる時があります。そこで努力して書いてもダメなのです。うまく行く時は、誰かが私の手を取って書かせているような気がするのです。そんな経験は滅多にありませんよ。しかし、非常にうまく書けたなという時は、自分プラスXが書いているように思うのです。このXの助けがとても大きい。

机の前でいくら努力してもダメで、いったん諦めますと、私は小田急線沿いに住んでいるものですから、行くアテもなく小田急に乗って、座らないで、ドアのところでボケーッと立っています。畑や家並みを眺めながら、電車の振動が伝わってくる。どれくらい時間がたったかわかりませんが、ふいに執筆でぶつかっている壁をピッと破るものが来るんです。これがどうやれば来るのかはわからない。とにかく、突然やって来ます。

同僚の小説家の誰彼に訊いたら、「おれもそうだ」「おれもだ」と言う。小説家だけでなく画家なんかに訊いても同じ経験をしています。後々考えてみたら、机の前で努力しているのは外面の自分ではないだろうか。外面の奥にある、自分の知らない自分が助けてくれているんじゃないか。そう気づいてきたのです。

フランスの小説家のアンドレ・ジッドが「芸術はデモーニッシュな協力なしに成り立たない」と言っています。デモーニッシュとは「魔的な」という意味です。魔的というのは私の言葉で言うと、抑えつけているもう一人の自分、隠れているXです。

それとね、もし努力してプラン通りの小説が書けたとしても、それではダメなんです。小説として面白くないのですよ。読んでみたら、どこかXが足りないんだ。昔はよく、絵の贋作展などというものがありました。本物の絵を真似た絵、模写した絵の展覧会です。例えばセザンヌと同じ構図、同じ色の絵が飾られている。しかし、なぜか本物とははるかに見劣りがする。そこにはやっぱりXが欠けているからです。道具の差ではないし、意図するものの差でさえないかもしれない。道具や意図を超えた、ジッドの謂う魔的なものであるXの差なのです。

Xというのは、いつもは抑えつけているものですね。これはいろんな形で、突然に現れます。われわれの体に病気を与えるかもしれませんが、エネルギーやインスピレーションを与えることもある。そのことが小説を書くことを通して、私にわかってきました。

ちょっと整理しますと、人間は生活している以上、世間の道徳に従ってXを抑えつけないといけない。道徳で抑えつけることは、社会的に自分を発展させることの役に立つ。しかし、Xは素顔、少なくとも一つの素顔であり、それを否定し去ることはできない。

私は子どもの頃からキリスト教の世界にいまして、Xが噴き出てくるのを抑えつけてきました。昔の教会では、そんな噴き出てくるものを悪魔の誘惑とか悪魔のささやきとか呼んでいたのです。しかし、本当にそうなのでしょうか。Xはわれわれに本当の素顔を見せようとしている、あるいはいろんな形で助けようとしているのではないか。そう思い当たるふしはたくさんあります。すると、これを悪魔の誘惑などといった単純な言葉で否定してはいけないのではないか。ジッドは魔的、デモーニッシュと言ったけれども、ディアボリックとかサタニック（共に悪魔的）とは呼んでいません。

われわれを助けてくれもする、その抑えつけられたものには、道徳を超えた宗教的な倫理が働いているのではないか。私は少しずつ、そんなふうに思うようになったのです。道徳なんていうものは、時代や環境によって簡単にころころ変わるものです。戦争中の社会道徳や群集心理を思い返せば、私などの世代は身に沁みて、そう感じます。Xには道徳や社会的約束や常識などを超えた、もっと大きな宗教的なものが潜んではいないか。

これまでそんなことを全く考えなかったわけではありませんが、深く考慮したことはありませんでした。ですので、こういう考えを深めていきながら、私はかなり動揺し混乱もしたのです。自分の本当の顔を直視するのはつらいことです。聖書に「わが顔を見ることあたわず」とある通りですよ。しかし、自分を見つめることを避けて通ったらいけない。

『スキャンダル』の狙い

さて、ここから急に私の新しい小説『スキャンダル』の宣伝を始めるわけです（会場笑）。今までの話は観念的で退屈だったでしょ？　みなさんがナマあくびを堪えているのが、ここからよく見えました（会場笑）。退屈しないために、小説の技法があるんです。

今まで話してきたような問題は、私にとっては重大な問題だから、小説の形で考えてみたかった。そこで、遠藤周作がもう一人の自分を探し歩く話にしようと思ったのです。

読者が一番楽しむ小説の形式、というのを、今日名前が出た柴田錬三郎先輩に教わったことがあるんです。柴田さんが『眠狂四郎』シリーズでものすごく忙しかった頃、「遠藤、お前も時代小説を書け」と言うから「知識もないから書けませんよ」って答えたら、「簡単だ。こけ猿の壺だよ」と。こけ猿の壺という「丹下左膳」の中のエピソードがありまして、要するに宝物探しなんですよ。「こけ猿の壺でも青い鳥でも、何かを探して歩く話は書きやすいし、読者も楽しむんだよ」と柴田さんが教えてくれました。主人公が宝物を見つけられるかどうかという期待で、読者は第一章から第二章と読み進んでくれるんだ、と。犯人探しのミステリーと同じですね。それを思い出しながら、今回の『スキャンダル』という小説も観念小説にはせずに、読者の興味をそそるようなフィクションを創ろうとしたのです。

それに今は、新潮社の「ＦＯＣＵＳ」とか講談社の「ＦＲＩＤＡＹ」とかができて、覗き趣味が盛んな時代でしょ。そんな時代だからこそ、遠藤周作らしき人物がもう一人の怪しい自分を探す形の小説にすれば、読者についてきて貰えるのではないかと考えたんです。

これは軽薄な意味ではなく、観念小説にしてしまうと、読者は自分とは関係がない話だ、リアリティがない小説だと思ってしまうんですよ。そこで日本文学に伝統的にある私小説の形式を使い、ミステリーの形式も使って、読者に「ああ、これは勝呂

（注・『スキャンダル』の主人公）と書いてあるけど、遠藤自身のことだろう」と思わせて、すぐに小説世界へ引き込もうとしたわけです。遠藤周作らしき主人公は、もう一人の自分が歌舞伎町をうろうろして、どうやら悪いことをやっていると知り、その男を探し歩き始めます。そんな通俗小説の手法も借りて、『スキャンダル』を書きあげました。

ミステリーという言葉には、推理小説の他にもう一つ、神秘という意味もあります。われわれの今までの理屈や合理主義では割り切れないもの。理屈や合理主義の背後にあって、もっと深いもの。われわれの感覚を超える形而上的なもの。それは宗教的な神秘であり、人間の心の奥底にある最も神秘的なものであり、ひょっとすると魂と呼んでもいいものかもしれません。そんなものを『スキャンダル』では表現したかったのです。

これからもっと面白いことを喋るところだったのですが、もう時間が来たみたいなので残念です（会場笑）。

ゆっくり考えて頂きたいことは四つあります。

まず、道徳や常識からハミ出してしまうもの、社会から拒絶されてしまうものが人間の中にはある。それは捨てられないから、意識の下に抑え込み、隠してしまいもする。しかしそれはマイナスではなく、プラスのものを人間に与えてくれるのではないか。

二つ目は、抑え込まれている自分、隠されている自分こそ、本当の自分ではないか。外面に出ている自分は、必ずしも本当の自分ではないのではないか。

三つ目は、外側の道徳や社会的約束から見て、いくら汚くて、いくらよくないことでも、真に宗教的な倫理から言えば、別の考え方がありえるのではないか。

先ほど名前を挙げた河合隼雄先生が、「神も仏も、道徳的に正しい人間ばかり相手にしていたら嫌になってくるだろう。歌舞伎町をうろうろしているような人間の方が興味を持たれるんじゃないか」と仰っていました。

自分しか知らない自分、自分も気づかない自分こそ本当の自分ならば、そこに働きかけてくるのが宗教ではないか。道徳的に正しいことをする、世間から褒められることをする、というのも大事なことだけれども、神や仏にとっては、そんなことはどうでもいいのではないか。抑え込まれている自分、外面ではない自分、道徳や世間や社会から否定される自分こそが、神や仏が語りかけよう、助けよう、愛そう、抱きしめようとする対象ではないか。これが四つ目です。

私がこの四つの問題を考えていき、どうやって小説の形にしたらいいか、腰を据えて取り組んだのが『スキャンダル』です。お読みになりながら、私と一緒にこの四点を考えて頂けたら嬉しいです。今日お話ししたのは、テーマも内容も五分の一くらいだけですからね。面白いところは喋っていませんから、「遠藤が喋ったから、もう読まないでいい」なんて思わないで下さい（会場笑）。

次の小説（注・『深い河』〈'93年／講談社文庫〉となる）でも、これらの問題点をもっと深めていこうと考えています。『スキャンダル』を読み、いつか次の小説も読んで頂けたら、「ああ、遠藤はこういう気持ちで書いていったのか」とわかって下さるでしょう。これで私の話はおしまいです。どうもありがとうございました。

（於・紀伊國屋ホール／一九八六年七月十一日）

作中に登場する主な文学作品（※50音順。現在入手困難な作品もあります）

○遠藤周作

『イエスの生涯』　新潮文庫
『海と毒薬』　新潮文庫
『キリストの誕生』　新潮文庫
『侍』　新潮文庫
『死海のほとり』　新潮文庫
『銃と十字架』　P＋D　BOOKS
『白い人・黄色い人』　新潮文庫
『スキャンダル』　新潮文庫
『沈黙』　新潮文庫
『鉄の首枷』　中公文庫
『深い河』　講談社文庫
『わたしが・棄てた・女』　講談社文庫

○国内作家

『愛の渇き』　三島由紀夫　新潮文庫
『檻』　中村真一郎　新潮社
『西洋紀聞』　新井白石　岩波文庫

『東海道中膝栗毛』　十返舎一九　岩波文庫
『菜穂子』　堀辰雄　岩波文庫
『眠狂四郎』シリーズ　柴田錬三郎　新潮文庫
『夕暮まで』　吉行淳之介　新潮文庫

○海外作家

『赤と黒』　スタンダール　新潮文庫
『悪霊』　ドストエフスキー　新潮文庫
『アルマンス』スタンダール　※『昭和初期　世界名作翻訳全集　75』（ゆまに書房）に収録
『イエス伝』　エルネスト・ルナン　岩波文庫
『田舎司祭の日記』ジョルジュ・ベルナノス　新潮文庫
『異邦人』　アルベール・カミュ　新潮文庫
『失われしもの』　フランソワ・モーリヤック　※『恋愛小説選集　第5』（三笠書房）に『失はれしもの』として収録
『カラマーゾフの兄弟』ドストエフスキー　新潮文庫
『恐怖省』　グレアム・グリーン　早川書房
『クレーヴの奥方』ラ・ファイエット夫人　新潮文庫
『権力と栄光』　グレアム・グリーン　ハヤカワePi文庫
『ゴリオ爺さん』　バルザック　新潮文庫

『作家の日記』　ドストエフスキー　ちくま学芸文庫
『事件の核心』　グレアム・グリーン　ハヤカワepi文庫
『情事の終り』　グレアム・グリーン　新潮文庫
『狭き門』　アンドレ・ジッド　新潮文庫
『弟子』　ポール・ブールジェ　岩波文庫
『テレーズ・デスケルウ』　フランソワ・モーリヤック　講談社文芸文庫
『ドルジェル伯の舞踏会』　レイモン・ラディゲ　新潮文庫
『白鯨』　メルヴィル　新潮文庫
『緋文字』　ホーソン　新潮文庫
『美徳の不幸』　マルキ・ド・サド　河出文庫
『ヴェニスに死す』　トーマス・マン　新潮文庫
『ボヴァリー夫人』　フローベール　新潮文庫
『モイラ』（※邦題『運命（モイラ）』）　ジュリアン・グリーン　新潮社
『夜の果て』（※邦題『夜の終り』）　フランソワ・モーリヤック　新潮文庫
『霊魂の城』　聖テレジア　聖母文庫
『ロミオとジュリエット』　シェークスピア　新潮文庫

解説

柚木麻子

通っていた女子校はプロテスタント系だった。当然、聖書の授業があったし、毎朝の礼拝が日課だった。

しかし、私は毎日、首をのけぞらせて居眠りすることで有名な生徒だった。今でもあの姿をよく覚えている、と元同級生たちに会うたびに言われる。どういうわけか、聖書の重みを手にすると、とてつもない睡魔が襲ってくるのだ。たまに目が覚めて、聖書をパラパラとめくってみれば、空から降ってくるマナという食べ物や、魚やパンやぶどう酒、乳と蜜（みつ）が流れる場所などのキーワードにのみ気をとられ、味わいを思い浮かべるうちに、お腹（なか）がぐうぐう鳴ってきて、礼拝堂から教室に戻って早弁したくてたまらなくなる。肝心の内容はといえば、正しくあること超人的に強くあることが礼（らい）賛（さん）されている気がして、思いっきりひるんだ。磔刑（たっけい）なんて怖すぎて、私はイエスを土（ど）壇場（たんば）で裏切った使徒たちを絶対に責められない。生理が汚（けが）れであるとか、女性蔑視（べっし）的な表現にも馴染めなかった。そもそも神様がいるのなら、どうして大震災や殺人事件なんて起きるのだろう、というような話を、クラスで一番勉強のできる女の子と通学路で話し合った記憶もある。でも、クラスメイトと声を合わせて賛美歌を力一杯歌うことや、クリスマス礼拝の厳かで透き通った雰囲気は好きだった。私の信仰とはこのようなものである。さらに、読書感想文の課題で遠藤作品を何作か読んだことはあっても、そこに神の存在を感じ取るような読み解き方は出来ず、『わたしが・棄てた・女』を読み終わった後、吉岡は最低な奴だ、災いあれ、と図書室の文庫コーナーで憤った。『沈黙』にしても穴吊りが怖くて仕方がなく、他のことが全く頭に入ってこないという、どっちかというと狐狸庵先生としての愉快な遠藤周作氏の方が好きというような読者だった。

今作は、生前に遠藤周作氏が紀伊國屋ホールで行った複数回の講演をまとめたものだ。狐狸庵先生のような明るくユーモラスな語り口で、キリスト教や自作を語るという、どんなタイプの読者でも引き込まれること必至の充実の記録である。『人生の踏絵』を読んだ後、約二十年ぶりに『沈黙』を手に取ってみた。すると、この作品は私のような、つまりは穴吊りが怖くて、他のことが全く頭に入ってこないような人間のために書かれたのだ、とようやく気付いた。聖書だって、ひょっとすると、私のような食欲と睡眠欲に支配され、正しくあることは苦手で、理不尽な差別に憤る、決して強者ではない人間のためにこそ、開かれていたのかもしれない。少なくとも遠藤氏はそうだと許してくれている。

今作は『沈黙』を入り口としながら、遠藤氏が影響を受けてきたキリスト教をテーマとした欧米の文学作品も数多く取り上げている。ここに登場する作品のうち、モーリヤック『テレーズ・デスケルウ』とグレアム・グリーン『情事の終り』は読んだことはあるが、やはり、キリスト教的な読み解き方はしてこなかった。でも、どちらもすこぶる面白く、私にとって印象的な作品である。特に『テレーズ・デスケルウ』に至っては、今回初めて気付いたのだが、大学三年生の頃、遠藤周作氏の翻訳で読んでいるのだ。私はロードムービーの味わいがあるフェミニズムミステリーだと思っていて、大好きな一冊だ。ヒロインは、結婚しても子供ができても、自分というものの輪郭がつかめず、ロマンチックイデオロギーにも酔えず、そもそも自分がおかした夫への殺人未遂の理由すらわかっていない。自らの殺意の理由を探す精神的な旅というのが、とても今日的だ。遠藤氏は救いがないと捉えたようだが、ヒロインがお化粧をするラストシーンを私は精神的解放だと思っている。誰からも救済されない道を選んだ、自分で自分のわけのわからなさを引き受けたテレーズはある意味、幸せなのではないか、と今でも思う。さらに『情事の終り』は、今は亡き美女・サラをめぐって男たちが「俺が一番彼女を知っている！」「俺が俺が」とみっともなく見栄を張りあう姿や、サラを尾行する探偵までが加わってバカ丸出しの嫉妬合戦を繰り広げる様をウキウキ読み進め、その実、誰一人として彼女を理解できておらず、サラの本命の正体のどんでん返しを含めて痛快で、コメディ的な捉え方をしていたきらいがある。『モイラ』や『狭き門』は読んでいないが、ここであらすじを知る限り、男の勝手な妄想が女性にはねつけられる様を緻密に描いているというふうにしか考えられない。しかし、遠藤氏によれば、それこそ名作たる所以、単なるキリスト教のプロパガンダやカタログ小説にはなっていないという証なのだ。物語としてグイグイ読ませるこれらの作品は、宗教性を押し出さず、人の持つ闇やみっともなさの奥底に、神の存在を潜ませることに成功しているのだという。

聖書の正しさや強さが苦手で寝てしまう、ロドリゴではなくキチジローに感情移入して「もう踏んじゃえばいいのに、誰も怒らないよ」と嘆息するような弱虫で、人の心の裏表がくるくる入れ替わる巧みな小説が大好きな私。そういった読者を、遠藤氏は肯定し、巧みな語り口で共感させ、キリスト教と文学の世界にどんどん引き込んでいく。イエス・キリストからして、人間社会で全てにおいて成功できなかった欠点だらけの存在、という指摘ももっともだ。カトリック教会から作品への批判をうけたとも書いてあるけれど、この遠藤氏のオープンな姿勢こそが、宗教の本来あるべき姿ではないだろうか。そもそも年少期に本人の意思とは関係なく洗礼を受けてしまった遠藤氏にとって、キリスト教との付き合い方は青春期を通して試行錯誤するものだったろうし、妥協点を見つけるためには、やはり文学の力こそが必要だったのだろうとも思う。

書き手としてとりわけ面白く感じたのが、遠藤氏のテーマを物語に落とし込むために必要な助走期間の過ごし方だ。「われわれが純文学の小説を書く場合は、自分の中にある考えがもやもやと出来てきて、少しずつ固めていって、こういう思想のもとに書きたいと思って書き始めるわけです。けれども思想のままで書けば、これは批評でありエッセイであって、小説ではない。そんな時はぶらぶら生活を始めて、私は嘘をつき回ったり、悪いことばかりするんです。人を騙くらかしたり……『騙くらかした』って本当に騙して何かするわけじゃなくて、まあ、いろんな冗談言ったりしてね。とにかく毎日ぶらぶらするのです」（17頁）。余談だが、私はこの遠藤氏が作家たちをからかった逸話が大好きなのである。直近だと、さくらももこ氏との対談で、彼女に渡した電話番号が東京ガスのものだったという話が有名だが、野坂昭如編『ゴシップは不滅です』（新潮社）に収録された本人によるエッセイも傑作である。四月一日を狙って、氏はいたずら電話をかけまくる。わざわざ東北弁の女性の声を一日かけて練習するという周到ぶりで、手始めに柴田錬三郎氏のお嬢さん、梅崎春生氏を次々と騙し、最後はジェームズ・ヒルトンなる日本語に不慣れなアメリカ人のふりをして、有吉佐和子氏に電話をかける（本気で騙されてしまい、いたずらがバレた後、遠藤周作に硫酸をかける、と怒って叫んだ有吉氏も相当面白い）。なんでそんなことをしたのか本人もよくわかっていなさそう、ということを含めておかしくて仕方がない。

そもそも『沈黙』の構想のきっかけになった、長崎の十六番館という資料館にしても、遊びのついでにたまたま入ったらしい。「昔の物が好きではないので、横目で見て通り過ぎようとしました」というさらっと書かれた箇所も、よく考えるとなんだかすごい。そんな風にブラブラ過ごした毎日の先に『沈黙』のような作品が待ち受けているのか、というと信じられない話だが、そこには「魔的なX」が助けてくれる、と神のような存在を指摘している。Xとは普段は押さえつけているもう一人の自分の存在を指すのだという。時間やお金にとらわれず、違う人物になりきったり、旅をしたり、遊んだりすることで、隠された能力を緩やかに解放していくというのは、出版不況をギリギリの線で生き延びようとする私のようなもの書きからするととても贅沢な行為のようだけれど、なんだか、祈りにも似ているな、と思える。自分の中の見えない誰かの出現を信じて暗闇をただただよい歩くこと。そう考えると、狐狸庵先生の愉快ないたずらエピソードがまた違った意味合いを帯びてくるのだ。

大きな奇跡なんてないとわかっていても、祈らずにはいられない。正論だけではどうにも救われない、その人をその人たらしめる理由の様なもの。遠藤周作作品はいつも人間のそんな部分に光を当ててくれる。私にも説明がつかない私という部分に、もし、神様が宿っているとしたら。そう考えると、ここに挙げられた作品をもう一度読み返し、見えない救いの手というものについてゆっくり考えてみたくなるのだ。

（令和元年六月、作家）

この作品は平成二十九年一月新潮社より刊行された。

遠藤周作著　**沈黙**

谷崎潤一郎賞受賞

殉教を遂げるキリシタン信徒と棄教を迫られるポルトガル司祭。神の存在、背教の心理、東洋と西洋の思想的断絶等を追求した問題作。

遠藤周作著　**侍**

野間文芸賞受賞

藩主の命を受け、海を渡った遺欧使節「侍」。政治の渦に巻きこまれ、歴史の闇に消えていった男の生を通して人生と信仰の意味を問う。

遠藤周作著　**イエスの生涯**

国際ダグ・ハマーショルド賞受賞

青年大工イエスはなぜ十字架上で殺されなければならなかったのか——。あらゆる「イエス伝」をふまえて、その〈生〉の真実を刻む。

遠藤周作著　**キリストの誕生**

読売文学賞受賞

十字架上で無力に死んだイエスは死後〝救い主〟と呼ばれ始める……。残された人々の心の痕跡を探り、人間の魂の深奥のドラマを描く。

遠藤周作著　**死海のほとり**

信仰につまずき、キリストを棄てようとした男——彼は真実のイエスを求め、死海のほとりにその足跡を追う。愛と信仰の原点を探る。

遠藤周作著　**海と毒薬**

毎日出版文化賞・新潮社文学賞受賞

何が彼らをこのような残虐行為に駆りたてたのか？　終戦時の大学病院の生体解剖事件を小説化し、日本人の罪悪感を追求した問題作。

遠藤周作著

王国への道
——山田長政——

シャム（タイ）の古都で暗躍した山田長政と、切支丹の冒険家・ペドロ岐部——二人の生き方を通して、日本人とは何かを探る長編。

遠藤周作著

真昼の悪魔

大病院を舞台に続発する奇怪な事件。背徳的な恋愛に身を委ねる美貌の女医。現代人の心の渇きと精神の深い闇を描く医療ミステリー。

遠藤周作著

王妃　マリー・アントワネット（上・下）

苛酷な運命の中で、愛と優雅さを失うまいとする悲劇の王妃。激動のフランス革命を背景に、多彩な人物が織りなす華麗な歴史ロマン。

遠藤周作著

女の一生
一部・キクの場合

幕末から明治の長崎を舞台に、切支丹大弾圧にも屈しない信者たちと、流刑の若者に想いを寄せるキクの短くも清らかな一生を描く。

遠藤周作著

満潮の時刻

人はなぜ理不尽に傷つけられ苦しみを負わされるのか——。自身の悲痛な病床体験をもとに、『沈黙』と並行して執筆された感動の長編。

遠藤周作著

十頁だけ読んでごらんなさい。十頁たって飽いたらこの本を捨てて下さって宜しい。

大作家が伝授する「相手の心を動かす」手紙の書き方とは。執筆から四十六年後に発見され、世を瞠目させた幻の原稿、待望の文庫化。

三島由紀夫著

愛の渇き

郊外の隔絶された屋敷に舅と同居する未亡人悦子。夜ごと舅の愛撫を受けながらも、園丁の若い男に惹かれる彼女が求める幸福とは？

三島由紀夫著

盗賊

死ぬべき理由もないのに、自分たちの結婚式当夜に心中した一組の男女――精緻微妙な心理のアラベスクが描き出された最初の長編。

三島由紀夫著

禁色

女を愛することの出来ない同性愛者の美青年を操ることによって、かつて自分を拒んだ女達に復讐を試みる老作家の悲惨な最期。

三島由紀夫著

鏡子の家

名門の令嬢である鏡子の家に集まってくる四人の青年たちが描く生の軌跡を、朝鮮戦争直後の頽廃した時代相のなかに浮彫りにする。

三島由紀夫著

潮（しおさい）騒

新潮社文学賞受賞

明るい太陽と磯の香りに満ちた小島を舞台に海神の恩寵あつい若くたくましい漁夫と、美しい乙女が奏でる清純で官能的な恋の牧歌。

三島由紀夫著

金閣寺

読売文学賞受賞

どもりの悩み、身も心も奪われた金閣の美しさ――昭和25年の金閣寺焼失に材をとり、放火犯である若い学僧の破滅に至る過程を抉る。

カミュ
窪田啓作訳
異邦人
太陽が眩しくてアラビア人を殺し、死刑判決を受けたのちも自分は幸福であると確信する主人公ムルソー。不条理をテーマにした名作。

バルザック
平岡篤頼訳
ゴリオ爺さん
華やかなパリ社交界に暮す二人の娘に全財産を注ぎこみ屋根裏部屋で窮死するゴリオ爺さん。娘ゆえの自己犠牲に破滅する父親の悲劇。

G・グリーン
上岡伸雄訳
情事の終り
「私」は妬心を秘め、別れた人妻サラを探偵に監視させる。自らを翻弄した女の謎に近づくため——。究極の愛と神の存在を問う傑作。

ジッド
山内義雄訳
狭き門
地上の恋を捨て天上の愛に生きるアリサ。死後、残された日記には、従弟ジェロームへの想いと神の道への苦悩が記されていた……。

メルヴィル
田中西二郎訳
白鯨（上・下）
片足をもぎとられた白鯨モービィ・ディックへの復讐の念に燃えるエイハブ船長。激浪荒れ狂う七つの海にくりひろげられる闘争絵巻。

ホーソン
鈴木重吉訳
緋文字
胸に緋文字の烙印をつけ私生児を抱いた女の毅然とした姿——十七世紀のボストンの町に、信仰と個人の自由を追究した心理小説の名作。

人生(じんせい)の踏絵(ふみえ)

新潮文庫　え－1－39

令和元年八月一日発行
令和四年十月十五日三刷

著者　遠藤(えんどう)周作(しゅうさく)

発行者　佐藤隆信
発行所　株式会社新潮社
郵便番号　一六二―八七一一
東京都新宿区矢来町七一
電話　編集部(〇三)三二六六―五四四〇
　　　読者係(〇三)三二六六―五一一一
https://www.shinchosha.co.jp

価格はカバーに表示してあります。

乱丁・落丁本は、ご面倒ですが小社読者係宛ご送付ください。送料小社負担にてお取替えいたします。

印刷・株式会社光邦　製本・株式会社大進堂

ISBN978-4-10-112339-4 C0195